文脉中国 小说库

wenmaizhongguo xiaoshuoku

青印

暮梓晔 著

中国文联出版社

图书在版编目（CIP）数据

青印 / 暮梓晔著．-- 北京：中国文联出版社，2019.1（2023.3 重印）

ISBN 978－7－5190－4138－0

Ⅰ.①青… Ⅱ.①暮… Ⅲ.①长篇小说—中国—当代 Ⅳ.①I247.5

中国版本图书馆 CIP 数据核字（2019）第 007623 号

著　　者　暮梓晔
责任编辑　刘　旭
责任校对　茹爱秀
装帧设计　中联华文

出版发行　中国文联出版社有限公司
地　　址　北京市朝阳区农展馆南里 10 号　　　邮编　100125
电　　话　010－85923025（发行部）　　　85923091（总编室）
经　　销　全国新华书店等
印　　刷　三河市华东印刷有限公司

开　　本　710 毫米×1000 毫米　　1/16
印　　张　14.25
字　　数　183 千字
版　　次　2023 年 3 月第 1 版第 2 次印刷
定　　价　75.00 元

目录 / CONTENTS

第一章　盛夏的时光（1）

转动的齿轮从未停歇
夕阳的余晖染上残血
眼底的草原变幻成沙漠

瞳孔的黑染上沙砾的灰
奇形怪状的人在沙里迷茫地追

伸出双手抓住光芒
张开双臂拥抱希望

日复一日、年复一年
终于，学会飞翔的我盘旋在半空里
看到自己的躯壳躺在沙海里失去了颜色
……

高考后的夏天。

“唐洛洛，你还能再慢一点吗？今天是你在这里驻唱的最后一天，我们可都等着你呢。”麦冬坐在唐洛洛驻唱的酒吧里拿着手机幽幽地开口。

唐洛洛一边付钱给出租车师傅，一边歪着头用脑袋和肩膀夹着手机说：“到了到了，从小被你催到大，也真是没谁了。”

麦冬冷冷道：“从小催到大都没能改了你爱迟到的毛病，我才是服气了。”说完愤愤挂断了电话。

麦冬与唐洛洛是从小一起长大的好朋友，一个冷如冰，一个热似火，看起来水火不容的两个人却有着坚不可摧的友情，所谓的一物降一物，说的可能就是她们俩，尽管对对方有着各种不满，但从没真正翻过脸。

酒吧不大，九张小圆桌零零散散地随意摆放着，灯光带着轻柔的暖色，洒在人们的脸上影影绰绰，麦冬伸手随意地抓了抓清爽的短发，白皙修长的手指穿过乌黑如墨玉般的发丝间，黑与白形成鲜明的对比，散发着生人勿进的清冷气质。

坐在麦冬对面的女孩一头乌黑柔顺的长发，白皙的脸上挂着一双水汪汪的大眼睛，与麦冬的那抹清冷不同，她拿着水杯低头轻笑着，那笑容仿佛能融化全世界的冰雪，她就是麦冬与唐洛洛在高中时代最要好的朋友——陆晓雪，同时也是学校里出了名的学霸，学习成绩一直稳居年级第一，加之她待人温和的性格，全校老师和同学都对她喜爱有加，她就像是上帝特别偏爱的孩子一样，不仅有着美丽的外貌和傲人的成绩，同时被赋予了一副完美的嗓音，在整个繁忙的高中时期，她的声音通过校广播站的大喇叭温暖过全体在校师生的心灵。

踩着尖细高跟鞋的唐洛洛娴熟地大步跑进她驻唱了三个寒暑假外加无数小假期和周末的酒吧，大大咧咧地一屁股就坐在麦冬旁边的椅子上，二话不说抓起麦冬手边的杯子“咕咚咕咚”地喝起水来。

一头清爽短发的麦冬无奈地蹙眉摇着头：“你慢点！没人跟你抢！”

唐洛洛喝光杯子里的最后一滴水，然后深深吸了一口气说：“可累死我了。”说着将手边一个包装精美的袋子塞进麦冬怀里，“给！生日快乐！”

麦冬笑着摇摇头：“别告诉我你是特意跑去买礼物了？”

唐洛洛把杯子往麦冬面前一推，得意地挑挑眉毛：“不要太感动哦。”

麦冬拿过桌上的水壶将杯子添满水，嘴里嫌弃地“喊”了一声，眉眼中却是藏不住的笑意。

陆晓雪轻笑着摇头，在她眼里这两个人的出现给她黑白的生活点亮了色彩，多少次被高三的学习压力压得快崩溃了的时候，抬头看见唐洛洛兴奋的表情和麦冬无欲无求的臭脸，陆晓雪心里就觉得充满能量。

“幸好认识了你们，不然我恐怕都找不到人生的乐趣了呢。”陆晓雪轻笑着看着面前的两个人。

麦冬白眼一翻：“唉，我到底什么时候才能甩开这个跟屁虫啊。”

唐洛洛把麦冬添满水的杯子再次拿起，一饮而尽：“麦小冬，我告诉你，这辈子你都别想逃。”接着转头看向陆晓雪，“你不用笑，你也一样，我吃定你俩了。”

麦冬伸手夺过唐洛洛手里的空杯子：“幼稚鬼，你到底还唱不唱了？”

唐洛洛故作优雅地站起身，对着二人高傲地转身：“哼，等着！”

陆晓雪看着唐洛洛走向舞台的背影，清甜的笑容荡漾在脸上。

“冬冬，上午你没去学校，志愿表我帮你带回来了，你想好报哪个学校了吗？”陆晓雪收敛笑容，正色地开口。

麦冬无所谓地耸耸肩："你呢？"

"西凌大学，洛洛也报了那里。"陆晓雪轻声开口。

"哦，那就一起吧，反正我去哪里都一样。"麦冬看着远处，自言自语似的开口回答。

陆晓雪唇角笑容绽开："真的吗？那太好了，这样我们就不用分开了。"

开学这一天，麦冬、唐洛洛和陆晓雪三人拖着各自的行李箱，离开家乡，走入了北京，走进了梦寐以求的凌大校园。

唐洛洛天生鹅蛋脸，有着姣好的容貌，一头乌黑的长发扎成马尾简单地束在脑后，小麦色的皮肤迎着阳光展现出她无尽的健康与活力，从小练习芭蕾舞的她有着舞蹈演员特有的气质，挺拔的身姿将她的自信淋漓尽致地完美呈现。

陆晓雪与她有着不相上下的美丽容颜，墨色长发垂散在双肩，白皙的脸上一双水汪汪的大眼睛尤为动人，常年温润的性格带给她一种莫名的亲和力，如天使行走在凡间的街道上，整个人似乎都散发着无法掩盖的光芒。

与她们不同的是走在两人中间的麦冬，一头清爽的短发搭配一张常年冷漠的扑克脸，总有一种让人想要探寻却又不敢靠近的距离感，简单的T恤衫配着休闲短裤的背影常常被人误以为是个帅气的小男生。

三个人行走在校园的树荫下，一个高傲、一个冷漠、一个温暖，却搭配成了一道独特的风景线，惹来周围不少人的注目。

好像冥冥之中一切都是注定好的一般，三个人从高中开始形影不离，到了大学又被分在同一个寝室，这种说不清也道不明的关系似乎就注定了三个人一生无法分割的感情。

“哇！我们的宿舍好漂亮！你看你看，柜子是粉红色的！”刚打开寝室的大门，唐洛洛犯二的性格就开始爆发了。

陆晓雪笑着走进去，顺手接过唐洛洛手里的背包。

麦冬则是一脸嫌弃地推开唐洛洛，将三个人的箱子依次放在桌子旁，然后转过身冷声开口：“唐小花，你够了，这里还会有另外一个室友，你可不可以收敛一点！”

唐洛洛一个白眼丢给麦冬：“嘁！怕什么？我们三个人呢，人多力量大。”

麦冬冷笑了一声：“幼稚，我们可不一定跟你统一战线，是吧晓雪？”

陆晓雪笑得越发温暖了，边笑着边从箱子里拿出四份桃花糕分别摆放在四个桌子上：“大家能凑在一个寝室是多大的缘分，谁都不准引发阶级矛盾啊。”

三人正说得热闹，宿舍的门被大力推开了，紧接着一个穿着一身香奈儿限量版裙子，脚下踩着一双接近十公分的高跟鞋，一头亚麻色大波浪长发的时尚女孩走进来，身后跟着两个拉着超大行李箱艰难地向寝室内移动的黑衣男子。

“终于到了，累死我了！”女孩娇柔的声音带着不满，抬起头，一张明亮的脸庞点缀着精致的妆容，长长的睫毛下一双美眸亮得好像没有月光的墨蓝色夜空中最闪耀的那颗星星般晶莹剔透，似乎能照亮整个黑夜。她看着屋内的三人眨了眨明亮的眼睛，接着挂上一抹晴朗的笑容：“嗨，你们好！我叫常慧晨，也住在这个寝室。”

陆晓雪笑着点点头，放下手中正在收拾的东西，快步走到寝室门口伸手准备去接常慧晨身后黑衣人的大箱子：“我帮你们吧。”

常慧晨头也不回地走进寝室：“不用帮忙，让他们拿就好了，我们都是女生，哪有那么大的力气。”

陆晓雪骤然停下手上的动作，有些尴尬地转过身：“那个，你好，我叫陆晓雪，这是唐洛洛，那个是麦冬，这是我们从家乡带来的特产桃花糕，送给你尝尝。”

常慧晨抬头看着她们三个人，惊奇地开口：“你们是一起来的？”

陆晓雪温暖地笑着：“嗯，对啊，我们是从海城来的。”

常慧晨一脸羡慕：“啊？好羡慕啊，我在国内一个朋友都没有。”接着转过脸姿态高傲地对着放置好行李的黑衣人摆摆手说，“放着就行了，你们可以走了。”

黑衣人立即躬身：“好的，大小姐。”说着便转身出了寝室。

陆晓雪轻咳一声：“没关系，以后我们都是你的朋友啊。”说罢转头看向麦冬，“对吧，冬冬？洛洛？”

麦冬背对着她们没有开口，看向一旁同样没有开口的唐洛洛：“怎么了？”

唐洛洛轻轻咬着下唇，一直目不转睛地看着常慧晨，听到麦冬叫她，一把抓住麦冬的胳膊，表情夸张地用唇语说：“限量款耶，那条裙子。”

麦冬一脸鄙夷地拍掉唐洛洛的手，转身收拾自己的东西去了。

陆晓雪略带尴尬地轻笑两声：“呵呵，晨晨，别见怪啊，慢慢你就会了解她们了。”

常慧晨无所谓地耸耸肩膀，扬了扬手里的桃花糕：“还挺好吃的，谢啦。”

陆晓雪脸上笑容不减：“你喜欢就好。”

第二章　盛夏的时光（2）

有人说，大学是一片给予我们最多人生思考和最多欢乐的地方，也有人说大学阶段是人一生中储备知识、性格养成最为宝贵的时期，但当我们真正踏入大学的校园后才知道，这座象牙塔里有太多我们以前的人生所没经历过的东西，那些纯纯的感动，那些懵懂的爱情都在我们猝不及防的时候突然来袭，将我们撞得晕头转向之后又怅然离去。

进入大学校园没多久，人际交往能力超强的唐洛洛很快在艺术系声名鹊起，开朗活泼的她简直天生就应该生活在光环之下，受万众瞩目，被万人追捧。或许是因为迎新晚会上的一展歌喉，之后几个月的时间里，整个校园随处都可听到有人在谈论艺术系的新生唐洛洛。

常慧晨的家庭条件好到离谱，她就是一个不折不扣的富二代，她傲慢的性格让她成为满校园的议论焦点，男生们不敢接近，怕惹不起这位大小姐，女生们更多的则是嫉妒，天生丽质又生在富贵家庭，骄傲蛮横而且挥金如土，无论走到哪里都是一副高高在上的姿态，这样的一个女孩怎能不招人妒忌呢。

麦冬依然独爱着安静的生活，低调地行走在校园里，即使身后传来阵阵议论声她也能做到充耳不闻，有唐洛洛在身边时还能和她斗几句嘴，剩自己一个人的时候，麦冬更多的时间除了泡在图书馆，就是抱着笔记本在某个安静的地方，沉浸在自己勾勒的世界里，去刻画各种各样的人物角色，但与现实不同的是，她的小说算是小有成就，“冬季”这个笔名有时也会被别人无意间提起，特别当在校园里看到有人捧着署名冬季的小说看得津津有味时，唐洛洛总会骄傲地挽住麦冬的胳膊，那样子好像生怕麦冬被别人抢走了一样。

陆晓雪凭借自己天使般的治愈系嗓音成功加入了校园广播站，像高中时期一样，每天下午总能听到校园各个角落的音响里传来一个温暖的女声，无论你是在笑还是在哭，在向往还是在失望，听到她的声音时都能安静下来，静静地感受这一刻生命所赐予你的或美好或不那么美好的一切。这样美妙的声音引起了不少男生的遐想，特别是当他们看到了陆晓雪本尊的容颜之后更是一发不可收，于是追求陆晓雪者络绎不绝。

陆晓雪经常会收到各种各样的情书和礼物，她总是微笑着将那些从未拆开过的花花绿绿的情书收到盒子里，将礼物分发给她认为匹配的人。比如，她会将糖果和巧克力等好吃的东西留给小吃货唐洛洛，也会将一些化妆品转送给麦冬，当然自己有时候也会挑上一些需要的。偶尔还会将一些大牌子的香水悄悄放在常慧晨的桌子上，常慧晨虽然傲慢，但也不是无礼之人，每次看到后都会笑着对陆晓雪说声“谢谢”，但从来没见她用过。

冰雪聪明的陆晓雪也有失算的时候，当她挂着甜甜的笑将一个通体粉红色的毛绒兔子放到麦冬床上的时候，她绝对不会想到，对毛绒玩具过敏的麦冬会夸张到连床单一起包裹着那只粉色的兔子一同丢进垃圾桶，那愤愤的气势使人觉得，如果不是常慧晨和唐洛洛的阻拦，麦冬恨不得将整张床一起卷进床单丢进垃圾桶。

“冬冬，对不起啊，我不知道你对毛绒玩具过敏。”一脸自责的陆晓雪站在麦冬身边低着头扯着她的衣角。

“没！阿……阿嚏！”麦冬狠狠揉了揉已经发红的鼻头。

“好了好了，快坐下喝点水。”陆晓雪递过一张纸巾给麦冬。

唐洛洛不知死活地坐在一旁笑得前仰后合：“哈哈哈，晓雪，这不怪你，这是傻小胖的魔咒啊，哈哈哈哈。”

麦冬泪眼婆娑地转过头看向笑得满脸通红的唐洛洛，硬生生地从牙缝里挤出两个字：“闭嘴！”

小学毕业前最后一次班会，班主任提议全班同学互换礼物，当时麦冬抽到了她死也不想抽到的礼物——一只灰色的毛绒玩具猪，这个礼物的主人是当时班上最丑的一个小胖子，皮肤黑黑的，脸上常年挂着两条晶莹的鼻涕，唐洛洛总是嘲笑他眼看就要流进嘴里的鼻涕，而他却是大大咧咧地用干净的袖管胡乱地抹上一把，然后继续对着别人傻笑。所以当全年级学习成绩排名第一的高冷麦冬女王遇上全年级垫底的屌丝傻小胖时，全班哄堂大笑。

“老师，我不要这个礼物。”麦冬很坚决地将手边的玩具猪推开。

“冬冬啊，礼物是不可以挑的哦，抽到哪个就是哪个哦。”班主任老师和颜悦色地将那只玩具猪重新放到麦冬面前时，麦冬像个受了惊吓的兔子似的一下就跳得老远。

全班同学毫不遮掩的笑声此起彼伏。

送礼物的傻小胖在一旁局促地搓着双手。

站在讲台上的麦冬眉头微蹙。

“我说了我不要这个礼物。”

老师略显无奈地问：“那，你要给我一个合理的理由才行哦。”

“我……我过敏。”

“过敏？”

“对，我对毛绒玩具过敏。”麦冬低垂着眼帘，看不出任何情绪。

“这……”老师显得有些意外。

“老师！”坐在座位上笑够了的唐洛洛举起手，“老师，我做证，冬冬真的对毛绒玩具过敏，这个礼物我代替她收下吧。”

“唔！”全班同学发出一声惊呼。

傻小胖惊喜地抬起头，同时吸了吸挂在上唇的一条晶莹的鼻涕。

麦冬不动声色地抬了抬眼看向唐洛洛。

唐洛洛一脸无所谓的表情，冲着麦冬挑挑眉。

班主任老师如释重负地吐了口气：“既然冬冬过敏，那真是太遗憾了，这个礼物只能属于洛洛了，大家掌声恭喜唐洛洛同学吧。”

之后唐洛洛在全班同学的起哄声中潇洒地走上讲台抱起那只灰色的毛绒玩具猪。

更让人啼笑皆非的是，从那之后麦冬就开始真的对毛绒玩具过敏，只要一接触毛绒玩具她就会不停地流眼泪、打喷嚏，唐洛洛总是嘲笑她说这是傻小胖的魔咒，诅咒她一辈子都不能靠近毛绒玩具。

唐洛洛直接无视麦冬杀人的眼神，笑得更加放肆。

“什么魔咒？”

“傻小胖是谁？”

常慧晨和闯了祸的陆晓雪一脸莫名其妙地看着眼前的二人：一个笑得像疯子的唐洛洛和一个不知道是因为过敏还是因为生气引起的反正眼睛红得像是要滴出血来的麦冬。

第三章　盛夏的时光（3）

人与人之间的情谊或许就是在这样波澜不惊的生活中慢慢积累出来的，天气从炎热的盛夏转成微凉的初秋，常慧晨也不知不觉地融入三个人的生活中。

校庆或许是每个大学最盛大的活动之一，特别是对西凌大学艺术系来说尤其重要，因为凌大不知从何时起就有一个不成文的规律，每年的校庆总有那么一两个崭露头角的学生被某个知名的娱乐公司看中并培养甚至签约。所以从入秋开始，整个校园里到处充斥着忙碌的氛围，特别是要为校庆表演的艺术系，花花绿绿的少男少女们都精心准备着自己的节目，期待着能在校庆晚会上一鸣惊人。

“听说了吗？星橙传媒要来咱们学校参加校庆晚会呢。”

“真的假的？不知道又有谁要走狗屎运了。”

校园的各个角落都充满了这样的对话，麦冬将笔记本放在一边，直接躺在了草坪上，睁着眼睛静静地看着湛蓝的天空，都说秋高气爽，这个词果然应景，此刻的天空万里无云，放眼望去只有一片明亮的蓝，蓝得那么透彻。

“偷懒呢?”陆晓雪温暖的声音传来。

麦冬微微侧头看向陆晓雪，将天空当作背景的陆晓雪看起来就像是真正的天使一般，乌黑的长发柔顺地垂在身后，纯白色的连衣裙包裹着她玲珑的身躯，精致嫩白的小脸上一双褐色的瞳仁美得让人移不开眼睛，那和煦的笑容看得人心里暖暖的。

麦冬唇角微微勾起：“凡人偷懒正常，天使怎么能偷懒啊?”

陆晓雪笑容更暖，贴近麦冬身边坐下，将手中的饮料递给她，开口说道：“唉！当个作家是不容易啊，脑子都熬坏了，快喝点补补吧。”

麦冬坐起身接过饮料毫不客气地喝了一大口：“果然是近墨者黑啊，你以后要少跟唐小花在一起知道吗?”

陆晓雪故意做出吃惊的样子，捂着脸说：“是吗？我黑了吗?”

麦冬看着她，郑重地点点头：“嗯，心黑了。”

陆晓雪笑着推了麦冬一把，麦冬顺势倒在一边的草地上。

“哈哈，好了别闹了，你广播该迟到了。”

“我的广播暂时停播了。”

“你被开除广播站了?”

“什么啊！我被站长安排做这次校庆的主持人，所以要专心背台本了。”

麦冬一脸鄙夷的神色：“你……被潜了?”

陆晓雪接着伸出胳膊直接横扫过麦冬的脸：“洛洛说得对，你果然不适合聊天啊。”

被陆晓雪扫倒在草坪上的麦冬嘴角绽开大大的弧度。

“是谁在背后夸我呢?”唐洛洛穿着一条破洞的牛仔短裤一蹦一跳地跑向麦冬和陆晓雪。

麦冬坐起身：“好嘛，曹操也来了。”

唐洛洛从背后一把抱住麦冬：“谁是曹操？你才是曹操。”

三个女孩在草坪上嬉闹了好一阵，直到三个人都累了，气喘吁吁地躺在草坪上。

唐洛洛一脸讨好之相，开口说："冬，咱们四个人晚上去吃火锅吧，我请客。"

麦冬突然坐起来，警惕地看着唐洛洛："你又闯祸了？"

唐洛洛一脸不高兴地问："我在你眼里就是个闯祸精吗？"

麦冬幽幽地摇摇头："那倒不至于，不过……咱俩认识 18 年了，你就请我吃过三回饭，第一回你把你爸的隐形眼镜冲进马桶了，让我顶包；第二回你把隔壁王阿姨家的栀子花剪秃了，让我帮你做伪证；第三回你把你的暑假作业弄丢了，让我把我的作业本写上你的名字。"

唐洛洛气鼓鼓地噘着嘴："好了好了，就你记性好，难道没事就不能请你吃个饭了吗？就当是感谢那三次你为我两肋插刀不行吗？"

麦冬怀疑地摸了摸唐洛洛的额头："嗯？不发烧啊，你真没事啊？"

唐洛洛没好气地拍掉麦冬的手："就一句话，去还是不去？你要不去我们仨就去了，哼！"

麦冬迅速回答："去！先吃完再说。走着。"

唐洛洛开心地站起来，随手拍拍自己身上沾着的草："走，我们去叫上晨晨一起。"

夕阳的余晖里，三个女孩的背影充满着青春的活力，好像没有什么事情可以打破这份欢愉，这就是她们心中最为宝贵的友情岁月，多少年之后，麦冬总是一个人看着天空缅怀这份当时看起来稀松平常的宝贵时光。

麦冬吃下碗里的最后一口食物，心满意足地放下筷子，笑眯眯地开口："唐小花，你还真能憋得住啊，饭都吃完了，你再不说可就没机会了。"

唐洛洛尴尬地笑笑，拉住麦冬的胳膊压低身子谄媚地开口："那个……嘿嘿，冬冬啊，是这样啊，我们话剧社在校庆期间要排一出可以公开表演的大戏，想请你给我们做编导。”

麦冬嫌弃地抽回自己的胳膊：“唐洛洛！我就知道你是黄鼠狼给鸡拜年。”

唐洛洛撇撇嘴：“就算你不愿意也别骂自己啊。”

麦冬瞪大眼睛看着唐洛洛：“你少给我抠字眼，想让我帮忙，不可能！”

唐洛洛眨着眼睛：“哎呀冬冬，你最好了，你不是学戏剧编导的吗，你写的书又那么好看，这点忙对你来说就是随便动动手指头的事。”

麦冬潇洒地一转头：“你少给我戴高帽子，不干！”

唐洛洛嘟着嘴：“可是，我都已经答应社长了，说一定能搞定你的，你不能看我打自己的脸吧。”

麦冬冷哼道：“谁给你的自信？你怎么知道我一定会答应？”

唐洛洛卖着萌哀求道：“就这一次啦，好不好？江湖救急嘛。”

麦冬嗤之以鼻：“别做梦了。”

唐洛洛低下头带着委屈的语气开口：“既然你如此不仁，也别怪我不义了，你新书的故事大纲我可是看过的。”

麦冬诧异地开口：“你这可是侵权。”

唐洛洛抬起头无辜地眨眨眼：“我没要抢版权，我只要告诉同学们一点点情节，他们很快就会知道大名鼎鼎的‘冬季’到底是谁了。”

麦冬瞪着眼睛半晌：“你！……就这一次！”

看着唐洛洛，陆晓雪和常慧晨同时击掌欢呼起来，麦冬恍然大悟：“你们，组团来算计我！”

唐洛洛觍着脸，将脸贴在麦冬的肩膀：“我最爱你了麦小冬。”

麦冬嫌弃地将唐洛洛推开：“咦，走开走开，恶心死了。”

陆晓雪柔声开口：“这样多好啊，咱们四个都能参加校庆了。”

常慧晨举起手中的饮料：“就是，别总是一个人讨清闲，大家一起为了梦想忙碌起来吧！”

麦冬摆出一张臭脸："我这是被逼上梁山了呗。"

四个女孩带着期盼、憧憬、斗志和表面上的不情不愿开启了梦想的大门。

第四章　盛夏的时光（4）

初秋的些许清凉被忙碌的生活搅得燥热起来，陆晓雪近来更是早出晚归，忙得连吃饭的时间都要硬挤出来，脸上虽然挂着疲惫，但眼中却闪着光。

麦冬白天帮话剧社排戏，晚上总是会边写稿子边等陆晓雪回来，无论多晚。看到一脸温润累到倒头就睡的陆晓雪，麦冬笑着摇摇头帮她盖上被子，然后将灯光调暗让她安睡。好几次麦冬看着睡梦中的陆晓雪脸上扬起的笑容，心里默默地暗叹梦想的力量真强大。

“麦小冬，你写的剧本还真是特别，你确定这不是在整我？”唐洛洛拿到剧本的第一天，风风火火地跑到自习室找麦冬对质。

麦冬慢悠悠地抬起头：“大姐，这里是自习室，你声音会不会太大了？”

唐洛洛愤愤地眨眨眼，压低声音：“我说麦导，你能不能给我一个合理的解释？为什么让我去演一个神经病？”

“大概是因为，你演技好。”麦冬沉思一会儿说。

“大概？你质疑我的演技？你竟然！好，你等着！”唐洛洛眼睛瞪得大大的，咬牙切齿地对麦冬说完，气鼓鼓地走了。

麦冬无奈地摇摇头：“这是重点吗，幼稚鬼。”

从那天起，唐洛洛每天都在努力模仿一个神经病的日常，要么忽然在人潮密集的校园里拉着麦冬深情地诵读一段莎士比亚的经典对白，要么忽然故意高声唱一段跑调的歌曲送给麦冬，总之这一系列不正常的举动都是在和麦冬一起的时候唐洛洛才会去做，每次看到周围同学的指指点点和麦冬愤怒的要杀人般的眼神，唐洛洛就觉得无比自豪。

怀着或激动或期待或复杂的心情，凌大的全体师生终于迎来了西凌大学的校庆盛典。

校庆第一天是开幕式晚会，学校宣传栏巨幅海报上赫然写着这次晚会的亮点，第一大亮点就是晚会的主持团队，由校广播站站长邱天、凌大校花裴茜和播音系新晋小花旦陆晓雪组成。

“陆晓雪？是不是就是广播站傍晚时段那个主播啊？”

“对对对，就是她，可是个大美女呢，听说邱天学长极力推荐她上晚会呢。”

“我看搞不好她要取代裴茜了呢。”

“我更看好唐洛洛，陆晓雪性格太柔弱了，唐洛洛比较靠谱。”

“算了吧你们，裴茜可是咱们学校的校花级人物，凭她们两个大一的新生没这个本事吧。”

“还校花呢，就她那个脾气，动不动就耍个‘大牌’，还真拿自己当盘菜了，早晚得变成个笑话。”

“嘘，你小声点，她妈妈可是咱们学校家长会的会长，传到她耳朵里可有你好看的。”

“喊，就是看不惯她那副仗势欺人的样子。”

“好了好了，别说了。”

宣传栏前面站了一层又一层的学生，大家你一言我一语地谈论着晚会和晚会里的人。

“怎么办，我好紧张啊。”陆晓雪在化妆间不停地走来走去。

“你不要再走了，等一下还要在台上站两个小时，你不累啊。”唐洛洛四仰八叉地躺在沙发上看着陆晓雪。

“可是，我第一次站在台上主持，真的好紧张啊。”陆晓雪一脸要哭了的表情。

麦冬的声音带着与年龄不符的沉稳，落在陆晓雪耳朵里却有着特别的镇定作用：“雪，你还记得你第一次坐在播音室的样子吗？”

陆晓雪终于不再走来走去，她站在原地歪着脑袋回忆第一次进播音室的样子。

小小的房间里一个播音台便占据了大部分空间，坐在播音台前的陆晓雪脸上还带着12岁女孩的稚嫩，她双手放在洁白的裙子上握紧再松开，松开又握紧，反反复复，直到平整的裙摆被她握得褶皱不堪，她才鼓起勇气开口说出第一个字。

拉回思绪的陆晓雪眼神中的犹豫渐渐退去，紧锁的眉头缓缓舒展，脸上的笑容绽放成一朵美丽的蔷薇，在一条湖蓝色晚礼长裙的映衬下，宛若一个遗落人间的精灵。

常慧晨笑着拍了拍陆晓雪的肩膀：“这就对了嘛，晓雪笑起来是最美的，加油，我们都在呢。”

唐洛洛凭借足够的演出经验，在那场晚会中获得了满场喝彩，常慧晨的钢琴弹得炉火纯青，毫无压力地完成了表演，但回到后台的她们并不开心，因为作为新人的陆晓雪把人生第一次的晚会舞台搞砸了，连续念错几个领导的称谓后，她紧张得一个字都说不出来，最后邱天只好跑出去救场，才让晚会得以顺利进行。

唐洛洛气愤地说：“晓雪，这不怪你，你手里的那份台本本来就有问题啊。”

麦冬看着趴在化妆台上的陆晓雪，把手放在她肩膀上：“是啊，是台本打错了，不是你的错，别太自责了。”

常慧晨在一旁皱着眉头：“说不定是谁故意给你错的台本，目的就是想让你出丑呢。”

麦冬摇摇头：“不至于吧，晓雪刚进学校，也没什么机会得罪人啊。”

陆晓雪抬起哭得红肿的双眼：“不管是什么原因，我也不应该傻站着啊，我好恨我自己，为什么一紧张就说不出话啊。”

广播站站长邱天穿着一身藏蓝色西装推门进入化妆间，对着麦冬四人微微点点头，接着对陆晓雪说：“晓雪，你不用难过，你表现得已经很镇定了，不过是没有说话而已，记得我第一次在台上说错了话的时候，我转身就跑了，台下哄堂大笑，就是到现在，我以前的那些同学还会拿这个事来笑我呢，你看我现在不也好好的嘛，谁都有丢脸的时候，这些都是你以后的舞台经验，所以说，你就不要再把自己关在这里了，我们准备了庆功晚宴，一起去吧。”

听了邱天的一番话，陆晓雪渐渐止住了哭泣：“谢谢你，学长，我就不去了，我想一个人待一会儿。”

邱天抬步走到陆晓雪面前，伸出手便摸向陆晓雪柔顺的头发：“说了多少次了，直接叫我名字就行，不用叫学长。还有啊，一个人憋着会长痘痘的，走吧，就等你们了。”

嗅觉最灵敏的唐洛洛看到邱天的动作后，眼中闪过一丝明了，她抬眼迅速看向麦冬和常慧晨，三人眼神交换后，唐洛洛暧昧地笑着拉过陆晓雪：“晓雪，走嘛，你要不去，我们和邱天学长就都不想去了。”说到“邱天学长”这四个字的时候，唐洛洛特意加重了语气，余光快速瞥了邱天一眼。

陆晓雪脸颊划过一丝绯红，她低下头躲开邱天的眸光，轻声说：“好啦，我知道啦，我去就是啦。”

第五章　盛夏的时光（5）

宴会厅里早已聚集了参加晚会的校方领导、星橙传媒的负责人和参与这次晚会的学生们，邱天一行人进入宴会厅立刻引起了学生们的骚动。

“哎哎哎，你们快看啊，邱天学长怎么跟她们在一起？”

“陆晓雪才刚搞砸了晚会，没想到还敢来庆功宴。”

“别那么说，毕竟人家第一次上台嘛，而且还有邱天学长的鼎力相助啊。”

“呵，想当初咱们裴大校花第一次上台的时候那可是惊艳全场啊。”

裴茜是凌大大四的学生，在校这四年一直是学校的风云人物，身为啦啦队的队长，又凭借高贵的气质，被在校的学生们评选为凌大校花，纵然为人略显傲慢自大，但还是有不少人为她的美貌所倾倒。

此刻的裴茜一身华丽的宝蓝色抹胸晚礼服，精心造型过的长发看似随意地垂在白皙的左肩，一双杏眼流露出恰到好处的风情万种，丰润的红唇微微勾起，对于同学们对她所有正面的评价，她都极为满意，生活条件从小就比别人优越的她，骨子里有着抹不去的骄纵感。

裴茜拿起手边的香槟，扭动着杨柳般柔媚的腰肢缓步走向邱天。

“邱天，恭喜啊，我们毕业前的最后一次校庆晚会总算是圆满结束了。”

邱天看到裴茜走过来，立刻绅士地笑着说：“裴茜，每年的晚会你都倾力相助，我真的要好好谢谢你。”

裴茜举了举手中的酒杯：“能者多劳嘛，只是这新人的起用还得谨慎点才行。”

说罢，裴茜抬眼不咸不淡地看了一眼站在邱天身后低着头的陆晓雪。

邱天微微勾起唇角：“新人嘛，多多磨炼就好，来，这杯为了感谢你，先干为敬。”说罢邱天将手中的香槟酒一饮而尽。

裴茜礼貌地笑笑，将杯子送到嘴边，象征性地轻抿了一口，意味深长地扫过陆晓雪的脸，转身向星橙传媒的几个负责人走去。

见裴茜走远，邱天转过身对一直低着头的陆晓雪说：“别在意啊，她这个人就是这样，走，我带你去认识几个朋友。”

陆晓雪红着脸微微点点头。

“啊！你这个人走路不带眼睛的？”

一声尖锐的叫喊袭击了所有人的耳膜，偌大的宴会厅瞬间安静下来。

只见唐洛洛手里拿着一只洒了一半酒的红酒杯，精致的小白裙胸前一大片红酒渍，她怒瞪着大大的双眼恶狠狠地盯着眼前的一个男生。

那男生穿着一身休闲西装，看上去斯斯文文的，面对唐洛洛突如其来的叫喊声，显然被惊呆了。

“看什么看！说的就是你！我这可是新买的裙子，今天第一次穿啊！”唐洛洛全然不顾周围人的目光，自顾自地心疼着自己的新裙子。

“呃……”对面的男生眨了眨眼睛，有些无奈地扫了一圈周围的人，略带尴尬地开口，“那个……对，对不起啊，我帮你拿去洗就是了，你不用这么紧张吧。”

唐洛洛依旧不减声音的分贝：“红酒渍洗不掉的！”

男生伸手摸了摸自己的后脑勺，略带歉意地看了看周围的人，继续好脾气地说：“那……我赔你一条就是了，你可不可以稍微小点声啊，好多人的。”

唐洛洛努力瞪大了眼睛，如果眼神能杀人，对面的男生早就死一百次了。她几乎是用尽了全力喊道：“限量版啊！”

那男生似乎是忍无可忍了，突然用同样的分贝回道：“那你想怎么样！”接着又意识到自己作为一个男生在公共场合对一个小姑娘这样大吼大叫似乎是不太合适的，更何况是自己有错在先，随即很夙地扯出一个并不怎么好看的笑容，“不是，我不是那个意思，我……我叫张幻迪，大四，服装系的，那个实在不行，我做一件给你好吧，那个……我还有事，我赶时间，姑娘消消气啊，失陪了。”

张幻迪转身又撞上了人群中正走出来的裴茜。

裴茜一脸不解，开口问：“小迪哥哥？怎么了？”

张幻迪淡淡看了裴茜一眼，匆匆丢下一句“哦，没什么”。径直向门外走去。

张幻迪这一连串的动作没有给唐洛洛任何反应的时间，快速消失在了众人眼前，剩下唐洛洛一个人在大家异样的目光下气得直跳脚。

“啊！麦小冬！你给我出来，这个时候怎么不为我撑腰了！还是不是朋友啊！”

裴茜皱着眉头嫌弃地瞥了一眼唐洛洛，傲慢地昂着头走向远处。

人群里，麦冬捂着额头一脸嫌弃地移开视线：“我不认识她。”

常慧晨跟在麦冬身旁笑得花枝乱颤。

宴会厅二楼的护栏旁，一个西装革履，看起来40岁左右的中年男子对躬身在他身旁的一个年轻一点的男子说道：“这个女孩是不是刚才唱歌的那个？”

年轻男子定睛看了看回答：“是的，董事长。”

中年男子点点头：“挺有意思的，给我查一查她的资料。”

年轻男子恭敬地回答：“好的，董事长。”

你永远不知道，在你一个不经意之间，有多少双眼睛已经将你看到心里，有多少个生命已把你装进灵魂，人往往都是这样，太在意的总会失去，不经意的却会在生命中留下无法磨灭的印痕。

“麦小冬，你快起床啊！”麦冬睡眼惺忪地揉了揉自己乱糟糟的头发，像看神经病一样看着早已穿戴整齐站在床前的唐洛洛。

“发什么神经？梦游啊？”

唐洛洛一脸谄笑：“嘿嘿，我知道你早上四点多才睡，但现在已经九点了，我猜你睡得差不多了吧。”

麦冬一个白眼回应：“恭喜你，猜错了。”说完转了个身准备再次睡去。

唐洛洛一把拉住麦冬的肩膀：“哎哎哎，别睡了好冬冬，你就陪陪我嘛。”

麦冬挣扎着坐起身：“吵死了，唐小花，今天周末啊你到底要干吗！”

唐洛洛立刻讨好地开口：“张幻迪，哦，就是昨天把我裙子弄脏的那个人啊，他要请我吃饭，说是当作赔罪。”

麦冬烦躁地看了一眼满脸堆笑的唐洛洛：“然后呢？”

“然后，我一个人多少有点尴尬嘛，所以……”

“尴尬？你？”麦冬再次白眼送上，“我以为你压根就没有‘尴尬’这条神经呢。”

唐洛洛极力克制自己即将脱口而出的反驳，深呼吸一口，努力让自己保持温和的笑容。

麦冬忽然觉得有些好笑，她看着唐洛洛：“你干吗不找晓雪？或者常慧晨呢？”

“哎呀，晨晨哪有你了解我，再说也不知道她去哪儿了，晓雪她在广播站忙着呢。”

麦冬冷脸一笑：“所以你这是落单了才想起我的。”

唐洛洛立刻把头摇得像拨浪鼓一般，眼中充满真诚：“绝对不是，我需要你。”

麦冬冷哼一声：“鬼才相信。”但还是翻身下了床。

看着麦冬一脸不屑却乖乖走进浴室的样子，唐洛洛脸上绽开灿烂的笑容。

友情往往就是这样，越是表面上相互嫌弃的感情，内心里却越是会为了对方赴汤蹈火，或许连思考的时间都不用，任何理由都无须寻找，似乎就可以如本能般地去做，甚至可以比为了自己更加不计后果。

第六章　盛夏的时光（6）

张幻迪穿着一件简单的白色T恤，带着一股雨后空气般的清新，五官透着清爽的味道，一双清可见底的眼睛写满了真诚，他腼腆地挠了挠后脑勺，开口说话的声音像棉花糖般柔软："嗯，不好意思啊，昨天是我太不小心了，今天就当我赔罪了，衣服我弄好后就拿给你。"

唐洛洛看着一桌子香气四溢的食物，心情大好："看在这些食物的分儿上，我就原谅你吧，不过，那件衣服真的是限量版。"

张幻迪尴尬地笑着："是啊，我也只能尽力把有污渍的地方修改修改，要是改得不好你别介意才好啊。"

唐洛洛皱着眉头好像很认真地在思考什么，空气凝结了一秒钟，她开口："如果做不好的话，那就多请几顿饭吧。"

麦冬差点从椅子上掉下来，强忍着想要离开的冲动，很嫌弃地转头移开视线。

张幻迪睁大眼睛怔了怔，接着展开笑容："哈哈，好。"

接下来的时间，唐洛洛沉浸在食物的海洋中不能自拔。

麦冬几次在桌下用脚提醒唐洛洛，唐洛洛只是偏了偏头看着麦冬，一双眼中写满了无辜和不解："嗯？怎么了？"

麦冬狠狠地咽下心中的怒火，脸上笑着，嘴角却抽动着憋出几个字："你饿死鬼啊。"

唐洛洛咧着塞满食物的嘴含糊不清地说："太好吃了。"

麦冬狠狠地握了握拳，拿起手边的可乐愤愤地抿了一口。

坐在两人对面的张幻迪毫不介意地笑着："麦冬同学，你多吃一点啊。"

麦冬礼貌性地笑笑："我吃饱了。"转头看了一眼还在往嘴里塞东西的唐洛洛，接着对张幻迪说，"不好意思，我去个洗手间。"

麦冬刚走两步，唐洛洛立刻起身："哎，等等我，我也去。"

麦冬回过头看着快速跑过来的唐洛洛，只能尴尬又抱歉地朝一脸不在意的张幻迪笑笑。

洗手间里，唐洛洛对着镜子里的麦冬说："冬，我觉得张幻迪人还不错哦。"

冬冬回看她一眼："是啊，能忍受你这种吃相的人也没几个。"

唐洛洛不满地白了麦冬一眼："我说认真的，你觉得怎么样嘛？"

麦冬有些好笑地开口："怎么了？你看上了？"

唐洛洛高傲地撩了撩头发："是他看上我了才对。"

麦冬冷冷一笑："唐洛洛，你知道我最佩服你的地方是什么吗？"

"什么？"

"盲目地自信！"

唐洛洛气鼓鼓地反驳："麦小冬，你在怀疑我的魅力吗？咱们打个赌怎么样，寒假之前我让他变成我男朋友。"

麦冬扯过一张纸擦了擦手上的水："寒假啊，还有好久呢。"

唐洛洛急了，睁大了眼睛："元旦，元旦之前怎么样？"

麦冬饶有兴致地看着唐洛洛："赌什么？"

唐洛洛眨眨眼："一个学期的饮料。"

麦冬坏笑着点点头："成交！"

秋天的风越吹越猛烈，傍晚出门已经有寒意涌上来了，道路两旁高大的梧桐树也已开始撒下片片黄叶，任它们在风中飞舞，空气中令人窒息的炎热几乎要不见踪迹了，深呼吸的时候能感受到沁人心脾的清透微凉。

就在这样一个桂花香的月份里，空气中到处飘散着暧昧的气息。

唐洛洛与张幻迪的暧昧互动已经让人惊喜万分，但更令人大跌眼镜的是新晋女神陆晓雪与广播站站长邱天的爱情萌芽正蠢蠢欲动。

“冬冬，我有件事想跟你说。”陆晓雪站在正对着计算机码字的麦冬身后。

麦冬没有停止手上的动作，轻声开口：“嗯？怎么了？”

陆晓雪脸上带着花季少女情窦初开的绯红，低着头深呼吸好几次，声音极轻地开口：“那个，邱天跟我表白了。”

麦冬骤然停下手上的动作，回头看着红着脸却一脸甜蜜的陆晓雪，轻轻一笑：“那你是怎么回答的？”

陆晓雪羞怯地开口：“我还没想好呢。”

麦冬点点头：“他好像还不错，可以试试看。”

陆晓雪开心地抬起头，一双水汪汪的大眼睛神采奕奕：“真的吗？你也这么觉得吗？”

麦冬挑挑眉：“你是这么觉得吧？”

陆晓雪看着麦冬挑逗的表情，羞得满脸通红：“冬冬！你笑我！”

麦冬大笑：“没有啦，看你的样子就想逗逗你，我是真的觉得可以试试。”

陆晓雪轻轻拍了一下麦冬的后背：“真讨厌，不理你了。”说着便向门外跑去。

背后传来麦冬毫不掩饰的笑声：“这么着急去回复啊！”

转回头看了一圈空荡荡的寝室，麦冬自嘲地摇摇头：“秋天是恋爱的季节吗？不应该是春天吗！唉！孤家寡人的，继续写字吧。”

校庆盛典的闭幕式是话剧社主办的一台精彩话剧表演，演出前一天，闭幕大戏的海报就早早地出现在了学校的宣传栏上，大戏的主题是一个精神病人的世界，而出演这个精神病的人正是大放异彩的大一新生唐洛洛。

海报的正中间一幅唐洛洛的侧面剪影吸人眼球，主演印着“唐洛洛”三个大字。比这更具谈论性的是“总编导”三个字后面赫然跟着的“麦冬”二字。

“这个麦冬什么情况啊，大一新生就上了总编导的位置。”

“你没看到主演是唐洛洛嘛，八成是她想带着麦冬混个熟脸罢了，就她那文笔比起我们家‘冬季’差得可不止十万八千里。”

“你说她会不会有什么后台啊？”

“反正呢，艺术系这几个出众的新生里面，她是最没有才艺的了，不过是因为跟唐洛洛和陆晓雪在一起才被大家认识了而已。”

“呵呵，那我倒要看看今天晚上她能导出个什么样的戏。”

傍晚的话剧社表演大厅座无虚席，但绝大多数都是来看热闹的，大厅里的同学们都在七嘴八舌地谈论着与本场话剧有关的人和事。

“这个总编导以前怎么没听说过？”之前出现在庆功宴二楼被称呼为董事长的中年男人开口。

坐在一旁满脸堆笑的校方领导解释道：“哦，这个是我们学校艺术系戏剧编导专业大一的新生，她很有才华，进校的时候就已经是网络签约作家了。”

中年男子微微点点头，没有再说什么。

厅内灯光渐渐暗下去，最后只剩一束光聚集在舞台中央，大幕拉起，唐洛洛穿着一身病号服只身一人站在光束下，长发有些狼狈地垂在肩膀，一脸落寞的神情缓缓抬起头，眼神焦急而又迟疑地扫向观众席，微微发白的嘴唇轻启，声音沙哑：“你们有谁见过我吗？我把我自己弄丢了！”紧接着黑暗中冲出两个医生模样的人大喊：“找到了，快把她带回去！”紧接着便是黑暗中一声撕心裂肺的吼叫……

第七章　盛夏的时光（7）

90 分钟的话剧，没有一个人离开过座位，灯光渐渐亮起，全场起立，雷鸣般的掌声响起，在偌大的表演大厅里久久不退。

之前在海报前约好来看话剧出丑的两个同学相互对视一眼。

“原来是深藏不露啊，和你的‘冬季’有一拼啊。”

“不可能，她她她……她肯定有枪手。”

坐在嘉宾席的中年男人脸上带着些许激动：“陈主任，你刚才说她是签约作家，她笔名是什么？”

校方领导脸上浮现出一丝尴尬的神色：“这个……这个嘛，我回去查查档案。”

中年男人有些不满：“陈主任，你们校方对这么有才的学生怎么能如此不了解呢？”

校方领导紧张地说道：“对对对，董事长说得是，不过这孩子吧，其实也没那么出名，所以就没特别留意。”

坐在后面一排的常慧晨立刻开口接话：“怎么不出名，好多人都喜欢她的书呢，不信你问问大家，是不是都很喜欢‘冬季’的书。”

中年男人眼睛一亮：“你是说，她就是‘冬季’？”

常慧晨不服气地看了校方陈主任一眼，然后对中年男人点点头：

“对啊，她就是‘冬季’！”

舞台上，麦冬、唐洛洛和话剧社所有人员一同鞠躬谢幕，突然一个身影冲上台，后面伴随着一个年轻男子的呼叫声：“哎！董事长！”

那中年男人站上舞台，立刻有工作人员将话筒递上。

中年男人沉声开口：“大家好，我是星橙集团的董事长常远星，今天我很开心在这里看到你们这些孩子的光芒，你们就是祖国的未来，希望大家都能将梦想永远坚持下去，因为梦想总有一天会实现的，请相信我。”台下又是一片雷鸣般的掌声，带头的正是校方领导陈主任。

星橙董事长挥挥手示意掌声暂停，自己还有话要说：“同时我今天很激动，因为我终于找到了我一直在寻找的新星！”他边说着，边走到了唐洛洛和麦冬身边，麦冬很识相地朝旁边挪了个位置，让他站到了自己与唐洛洛中间。

董事长很赏识地看向麦冬，麦冬礼貌性地示以微笑点头，但下一秒麦冬的表情却因星橙董事长的话硬生生地僵在了脸上。

星橙的董事长有力的手掌在麦冬背后轻轻拍了拍：“她就是冬季，我一直在寻找的创作天才。”

台下一片哗然。

“什么？开玩笑的吧，她怎么可能是‘冬季’？”

“我的天啊，我居然跟‘冬季’是同学啊。”

“骗人的吧，我一定是在做梦。”

台上唐洛洛吃惊地看着星橙董事长，她与麦冬从小一起长大，自然知道麦冬就是‘冬季’的事实，同时她也深知麦冬一直很介意将自己的身份公布于众，此刻在这样盛大的场合，麦冬的身份就这样赤裸裸地曝光在众人面前，唐洛洛不确定麦冬到底能不能承受，她紧张地看向麦冬。

麦冬的脸色难看到极点，她愣在原地好久，直到星橙的董事长再次拍了拍她的肩膀："麦冬！麦冬？"

麦冬恍然回过神，眼中闪现着愤怒，压低声音开口："是谁告诉你的？"

星橙的董事长微微一怔，但毕竟是见过大场面的人物，他立刻察觉到异样，微笑着轻声说："先谢幕，我们私下说。"一个眼神递给台下的助理，那个一直跟在他身边的年轻男子立刻心领神会地点点头，紧接着工作人员全体上台感谢所有观众，大幕缓缓落下。

"冬冬！"唐洛洛一个箭步来到麦冬身边，紧张地看着她。

迅速逼自己冷静下来的麦冬平静地看着星橙的董事长，冷漠而不失礼貌地开口："董事长，不管您从哪儿听来的消息，很抱歉，您弄错了。"

星橙董事长微微一笑："我见过很多想出名的年轻人，但像你这样想把自己藏起来的，我还是第一次见，你愿意聊一聊吗？"

麦冬冰冷的脸上没有任何表情："不愿意。"

星橙的董事长表情显露出孩子般的失落，轻轻点点头："好吧，是我唐突了，但我希望你能好好想一想。"不等麦冬开口拒绝，他将目光转向唐洛洛，"你叫唐洛洛对吗？我很欣赏你，我知道你会演戏会唱歌也会跳舞，很全面，星橙集团现在有一个送新人去韩国交流学习的机会，如果你愿意的话，我很想推荐你去。当然了，你们还年轻不着急，但希望你们都能认真考虑考虑。"

气氛压抑的寝室里，常慧晨紧张地看了看唐洛洛和陆晓雪，两人一致地展现出爱莫能助的表情，常慧晨使劲闭了闭眼睛，一副英勇就义的样子，对着躺在床上背对着大家的麦冬怯怯地开口："冬冬，对不起啊，我没想到你这么排斥，我就是一时气不过他们那么说你，所以我就……总之，是我错了，要打要骂都听你的。"

麦冬背对着她们的身影一动都没动，仿佛没听见一般。

陆晓雪有些不忍心，出来帮常慧晨解围："冬，晨晨也不是故意的，你就别生气了嘛，其实我觉得有这个机会是好事啊，能让更多的人看到你写的东西不好吗？你干吗非要追求世外桃源呢。"

最开始还在点头附和的唐洛洛骤然睁大了眼睛，拉着陆晓雪猛地摇头。

麦冬忽地一下坐起身，眼神似千年寒霜般扫了三个人一眼，起身出了门。

"砰"的一声关门声传来，吓得寝室内的三个女孩不由得一震。

陆晓雪带着哭腔颤抖着声音："我是不是又说错话了啊？"

唐洛洛无奈地叹气："冬冬不愿曝光冬季的身份不是为了自己，而是为了她妈妈。"

常慧晨蹙眉："什么意思？"

唐洛洛迟疑了一会儿开口："情况很复杂，我跟冬冬从小就认识，但我从没见过她爸爸，我妈告诉我冬冬的爸爸在国外工作，但后来我无意中听到我爸爸妈妈的聊天才知道，冬冬的爸爸在她还没出生的时候就抛弃了她们母女，冬冬一直跟麦阿姨，就是她妈妈一起生活，所以每到逢年过节的，我爸妈就招呼冬冬和她妈妈一起来家里过节，久而久之我和冬冬就熟络了。"

陆晓雪声音里带着心疼："那她爸爸在哪？"

唐洛洛摇摇头："我不知道，好像也没人知道，她爸爸把她们赶回了国就再也没联系了。"

陆晓雪接着问道："你问过冬冬吗？"

唐洛洛再度摇头："她从小就冷得吓人，有一些可能会碰到她燃点的问题我才不敢问呢。"

"可我还是不太明白，她不愿意曝光自己和她妈妈有什么关系？"常慧晨歪着脑袋说。

唐洛洛声音里带着悲伤："她妈妈去世了，那天我也在场，或许麦阿姨一早就知道冬冬的才华一定会被发掘，所以她留下遗愿，让冬冬答应她过平静的日子，不要张扬，不要抛头露面，最重要的是不要去找那个抛弃她们的男人，但我却知道冬冬一直都在找他。”

常慧晨似懂非懂地点点头，三个女孩各怀心事，低着头，昔日热闹的寝室霎时陷入了深秋般的沉寂。

麦冬一个人在深夜的操场上玩命地奔跑，一圈又一圈，似乎不知疲倦一般，脑海中一遍又一遍回放着母亲写满爱怜的容颜，顺着脸颊流下的液体不知是汗水还是泪水，晶莹剔透的带着苦涩的味道散落在秋风里，连同周围空气都变得悲伤起来。

第八章　盛夏的时光（8）

秋天的风席卷了金色的大地，吹落了树枝上依依不舍的夕阳，吹淡了草尖上摇摇不落的清露，也吹散了湖面上苍苍凉凉的薄雾。但恋爱的人在这样肆意的秋风里似乎越吹越火热了起来。

唐洛洛在众人诧异的眼神中大摇大摆地走进了服装系的画室。

“张幻迪！”唐洛洛俨然一副小太妹的样子，靠在画室的门边，双手交叉抱在胸前，毫不在意画室其他同学投来的不满的目光。

张幻迪坐在窗边，安静的侧脸在秋日的阳光下好似一幅完美的艺术画被镀上金边的样子，即使坐在不起眼的位置，却依旧吸引了所有人的目光。听到声音的他微微皱了皱好看的眉头，带着几分不耐的神色缓缓转过头，在看清门口来人的瞬间，脸上的表情豁然开朗，好似乌云掠过后放晴的天空一般，整个人越发晴朗起来。

绽开大大的笑容，张幻迪眼眸中带着几分惊喜，快速走到画室门口：“你怎么知道我在这？”

唐洛洛一脸不在意的样子：“你一个学服装设计的不在这难不成在排练厅吗？”

张幻迪傻呵呵地笑着挠挠头：“说得也是啊，那你来找我，有事啊？”

唐洛洛一脸理所当然的样子：“没事就不能找你吗？我心情不好，陪我吃饭。”

张幻迪一头雾水地站在原地有些不知所措。

唐洛洛秀眉一拧：“你不准拒绝，你还欠着我的衣服呢。”

唐洛洛在学校也算是小小的风云人物了，服装系不像艺术系随处都是俊男美女，所以站在门口痞里痞气的唐洛洛引发了画室里同学们的频频回头张望，画室里的老师终于忍不住了，很不客气地开口：“门口那两位同学，这里是学习的地方，要谈恋爱出去谈。”

同学们哄堂大笑。

唐洛洛立即瞪大眼睛就要反驳，张幻迪一把抓住她的胳膊将她向门外拉开一步：“你等我一下，我马上收拾东西，很快的！”说完转身走进画室，抱歉地对老师和同学们笑了笑，“打扰大家了，抱歉啊，大家继续吧。”

唐洛洛站在门口看向张幻迪匆忙收拾画笔的背影，脸上不由得浮现出笑意。

通过这段时间的相处，唐洛洛越来越觉得眼前这个像冬日里的大太阳般的男孩好像也没有最开始那么讨人厌了，他的包容、他的细致、他不经意间的体贴都让人觉得温暖，他的笑容更是像破开冰面的春风般，不经意间就让人觉得暖洋洋。

唐洛洛和张幻迪并肩走在校园的主路上，路过的同学频频回头打量。

张幻迪倒也不在意，看着低着头一言不发的唐洛洛，轻声开口：“怎么了？心情真的不好啊？”

唐洛洛点点头：“唉，如果冬冬是你的好朋友，你会怎么做？”

“她还是不理人吗？”

“倒也不是完全不理，但和以前不一样了，跟谁说话都是很陌生的感觉，就像我刚认识她的时候一样，很吓人。”

“再给她点时间吧，我觉得她不像是那么小心眼的人，她这么做可能也是为了避免学校那些小粉丝的骚扰吧，毕竟她是个喜欢安静的人，突然间多了那么多堵在宿舍楼下找她要签名的同学，她也很困扰吧。”

“可不是嘛，说起那些人我就生气，不知道大家心情都不好吗，还天天堵在门口，我看着都烦。”

张幻迪唇角勾起宠溺的笑容：“那么唐洛洛小姐，请问您什么时候心情好了给我签个名啊？”

唐洛洛脸上的表情瞬间多云转晴，笑着推了张幻迪一把：“你也跟着起哄，真烦人。”

张幻迪看到唐洛洛脸上挂上了笑容，如释重负般松了口气，然后继续聊着。

“你怎么打算的？要不要签星橙？这个公司还是挺不错的哦。”

“我不要，冬冬不去我就不去，再大的公司也不去。”

张幻迪像看一个撒娇的小孩子一样看着唐洛洛，一脸拿她没办法的表情，笑着摇摇头。

“小迪哥哥？”裴茜一身华丽公主裙，长发垂在身侧，脸上带着成熟的妆容，有些吃惊地看着眼前的二人。

张幻迪微微笑了笑：“小茜，刚下课啊？”

裴茜随意地点点头，语气里带着疑惑：“小迪哥哥这是要干吗去？”

张幻迪不以为然地开口：“去吃饭啊。”

裴茜更加迟疑：“就……你们……俩？”

张幻迪点点头：“对啊。”

裴茜眼眸中泛起的波澜转瞬间便平静下来，脸上带着从容的笑：

“小迪哥哥，阿姨打电话说想我了，明天下了课我们一起回家吧。”

张幻迪不以为然地点点头：“哦，好啊，反正我明天也要回去。”

裴茜眸中闪过一丝得意，不动声色地扫了一眼旁边的唐洛洛，脸上却笑容灿烂地说：“那就说定喽，我先走啦。”

看着裴茜远去的背影，唐洛洛不咸不淡地开口：“她叫你哥哥，你们认识啊？”

张幻迪不明所以地解释道：“嗯，她是我一个叔叔家的孩子，我们两家父母关系很好，所以我们俩从小就认识。”

唐洛洛阴阳怪气道：“哦，原来是青梅竹马啊。”

张幻迪表情微微一怔：“什么跟什么？”接着一副明了的神色，带上暧昧的气息开口道，“哦！原来是有人吃醋了啊。”

唐洛洛气急败坏地开口：“谁吃醋了！”

张幻迪觉得好笑，看着她：“你急什么？承认了？”

唐洛洛瞪大了眼睛：“谁急了！我……我饿了！”

张幻迪大笑着看向气鼓鼓地跺着脚向前走去的唐洛洛：“说吧，想吃醋熘什么？”

唐洛洛头也不回地捂着微烫的双颊：“醋熘你个鬼啊！”

第九章　盛夏的时光（9）

天气渐渐转冷，北京的秋风尤其凛冽，吹得人全身冷飕飕的，麦冬坐在清冷的宿舍里，对着笔记本电脑敲下最后一个字，重重地吐了一口气，将笔记本电脑合起。

“冬，他们都在议论说‘冬季’的小说停更好久了，你明明都写完了，还是不打算上传吗?”陆晓雪坐在自己的笔记本电脑旁，怯怯地开口。

麦冬没有回头，身体稍稍动了动，将自己调整到一个舒服的姿势，声音带着深秋的寒凉开口：“没有期待就不会落空。”

“砰”的一声，宿舍的门被大力地推开。

常慧晨厉声开口：“麦冬，我忍你很久了，你到底要自私到什么时候？你天天把自己放在受害者的位置，你真正为了喜欢你作品的那些读者考虑过吗？你真正为了在乎你的人考虑过吗？晓雪她们每天都要小心翼翼地跟你说话，生怕哪一个字说错惹你大小姐不开心了，你考虑过她们的感受吗？你以为全世界都要围着你转吗？你凭什么?”

麦冬眉头越锁越紧，直到常慧晨把这一连串的话吼完，她才缓缓站起身，眼中带着万年寒霜：“我不需要你们围着我转。”

常慧晨愤怒地嘲讽：“你以为所有人都像你一样冷漠吗？没有感

情的怪物！”

麦冬幽幽地走到常慧晨对面，冰冷的目光迎上常慧晨愤怒的双眸，一场冰与火的较量在两人的视线中展开，被常慧晨声音惊到的其他宿舍的同学们都躲在门口张望，陆晓雪被两人的气势吓得瑟瑟发抖，呆在原地不知所措。

麦冬突然哑然失笑：“你有什么资格来指责我。”说完直接用身体撞开站在门口的常慧晨，向宿舍外走去，走廊里正伸头张望的同学们吓得赶紧缩回脑袋。

常慧晨冷冷的声音在麦冬背后传来：“你就是一个只会躲在黑暗里逞英雄的胆小鬼！”

看着麦冬离去的背影，常慧晨狠狠地扫向伸着脑袋张望的那些同学：“看什么看！都很闲啊?!”说完走进宿舍，狠狠地摔上了门。

陆晓雪被巨大的关门声吓得浑身一战，好一会儿才缓过来，走到依然气鼓鼓的常慧晨身边小声地开口：“晨晨，我知道你是为了她好，但是会不会太过了?”

常慧晨猛地转过头，陆晓雪立刻惊慌地后退一步，常慧晨看到陆晓雪的动作，深深地吸了口气，缓缓地开口：“我就是很生气，她不应该是一个这么软弱的人。”

陆晓雪依旧小声地说：“可是这样会不会太刺激她了?”

常慧晨气呼呼地哼了一声：“你对她可真好。好啦，放心吧，以我对她的了解，她不可能有事的。”

“呃，你跟她才认识多久啊，怎么那么确定?”

“我……哎呀，反正她有事我负责，行了吧！”

“你怎么负责?”

常慧晨被陆晓雪带着怯懦的问题问得很是上火，不敢发火怕吓着柔弱的陆晓雪，但陆晓雪抛出的问题却个个都很犀利，她两眼一瞪：“哎，我说陆晓雪，这么好的天气，你不去谈恋爱，窝在宿舍里找我麻烦干什么！是不是只有麦冬才能镇得住你！”

陆晓雪连忙将头摇得像拨浪鼓般，平时从没见过常慧晨发这么大脾气，今日一见，果然大小姐的气势不容小觑啊，和麦冬的冷暴力相比简直有过之而无不及，她可不想惹火上身，于是很识相地快速拿起自己的背包，讨好地开口：“我要去图书馆了，天气干燥，你记得多喝水，再见。”不容常慧晨接话，她就快速地退出门外，蹑手蹑脚地关上宿舍的门。

常慧晨看着陆晓雪一连串的动作不禁笑了出来，笑过之后表情渐渐暗淡下来，喃喃自语道：“麦冬，老天爷还真是不公平，把所有好东西都给了你。”

图书馆里，陆晓雪抱着一本厚厚的《心理学——人格分析》翻来翻去，自言自语：“平时越沉默的人越容易做出极端行为？不会吧！怎么办？”焦急的情绪在陆晓雪脸上一览无遗。

一旁的邱天疑惑地看着神色慌张的陆晓雪：“你干什么呢？”

陆晓雪眼神中带着无助：“怎么办啊邱天，冬冬不会做什么傻事吧？”

邱天“扑哧”一声笑出来：“不是，你脑子里都胡思乱想些什么啊？她那个性格怎么可能？”

陆晓雪一脸快哭了的表情：“你看书上都是这么说的‘平时越沉默的人越容易做出极端行为’。”

邱天无奈地笑着拿过陆晓雪手里的书：“傻瓜，这种书都是概括性的，你不能因为这一句话就确定她一定会做出什么极端的事啊。”

陆晓雪惊慌地拉住邱天的胳膊：“概括性的？这么说还是有可能对吧？！”

邱天一张脸上写满“蒙”字：“亲爱的，你是不是有点忧心过重了？”

陆晓雪像是根本没有听到邱天的话一般，自言自语地说："不行，我还是得给洛洛打个电话，万一出事就来不及了。"一边说着一边站起身径直走出图书馆。

邱天在原地宠溺地失笑："唉！真是个笨蛋！"

"洛洛，你在哪？冬冬不见了。"

"啊？我跟张幻迪在校外啊，麦小冬怎么了？"

"她……下午的时候晨晨跟冬冬吵起来了，说了很重的话，冬冬不见了。"

"怎么会吵起来？说了什么啊？"

"哎呀，反正就是说得很重，我怕冬冬想不开。"

"你别担心啊，我们这就回去了，我打上车了，你等我。"

在校门口见到唐洛洛的那一刻，陆晓雪眼泪都出来了。

"你总算回来了，怎么办啊。"

唐洛洛将手里的购物袋塞给张幻迪，回头对陆晓雪说："有消息了吗？"

陆晓雪摇摇头："她常去的地方我都找过了也没有。"

唐洛洛点点头："张幻迪，你先把东西拿回宿舍吧，我和晓雪去找她。"

张幻迪点头道："需要帮忙就打电话给我。"

唐洛洛回了个"好"，拉着陆晓雪向校内跑去。

第十章　盛夏的时光（10）

“我们再回忆一遍啊，大操场、玉湖、小树林这些地方都找过了对吧？”

“嗯！”

“那我们去上面看看。”唐洛洛指了指头顶上的天台。

“啊？她不是恐高吗？她从来不去天台的。”陆晓雪有些吃惊。

唐洛洛歪着脑袋开口：“麦阿姨葬礼那天，我就是从她家的天台上找到她的。总之，我们去试试吧，站得高看得远嘛！”

两人一路狂奔气喘吁吁地爬上六楼的天台，正巧看到麦冬坐在天台边缘的护栏上，双腿悬空垂在墙边。

陆晓雪想都不想大声喊起来：“冬冬，你理智一点，你要是死了，我们这些朋友怎么办，你未完成的新书就成为永远的遗憾了，哦！对了，还有阿姨，天堂里的阿姨也不会原谅你的！”

麦冬蹙眉，慢慢转过头：“你喊什么！我吹个风而已，有那么严重吗！”

陆晓雪听到麦冬的话呆在原地：“吹……风？”

唐洛洛蹲在地上笑得直不起腰，却拼命捂着嘴不敢出声。

麦冬冷冷扫了一眼唐洛洛：“这个时候，也就只有你还能这么没心没肺。”

勉强站起来的唐洛洛拉着呆呆的陆晓雪走到麦冬身边。

“怎么啦？我是没心没肺但是我有脑子啊，不然我怎么能找到你呢。”

麦冬冷笑一声算是回应。

回过神的陆晓雪伸过脑袋顺着麦冬的角度向下看了看，又快速缩了回来：“好高啊，冬，你不是恐高吗？”

麦冬眼睛毫无聚焦地看向远处的天空：“我不是恐高，我是恐惧！”

收起笑容的唐洛洛和陆晓雪对视一眼，谁都没有说话。

半晌，麦冬寒冷的声音传来：“她说得对，我是害怕面对，我妈死的时候我才 13 岁，我甚至都不是很清楚死亡到底意味着什么，我只知道从那之后，家里就只剩下我一个人了，我饿了没人管，我冷了也没人问，我在家里喊破了喉咙也没人回应一个字，从小我就跟别的孩子不一样，从那之后我更成为别人眼中的异类，我受了委屈无处诉说的时候，只能自己安慰自己，没有人保护的时候，只能用冰冷的伪装去保护自己，久而久之，我也就习惯了这样的生活。”

陆晓雪默默地擦着无声的眼泪，麦冬动了动身体换了个坐姿继续开口：“我曾以为我可以用这样的方式过完一辈子，到今天才发现，这竟是一种逃避。我又何尝不想堂堂正正地站在众人面前，骄傲地宣布‘对，我就是“冬季”，我就是你们喜欢的这本书的作者’。从小就被当作私生子圈养在黑暗中，难道我这一辈子都必须要活在阴影里吗?!”

唐洛洛抬起头，使劲捏了捏麦冬的肩膀：“麦小冬，去做你想做的吧，我想麦阿姨最后的那几句话不过是想保护你的一种方式而已，比起这个，她更愿意看到你快乐地做自己吧。”

麦冬唇角微微上扬，语气也跟着轻快了不少：“所以在你们来之前我就已经决定了。”

陆晓雪和唐洛洛紧张地问：“决定什么？”

麦冬微微抬起腿，一个180度的大转身，将悬空的双腿收进护栏里面，背对着夕阳绽开自信的笑容："决定站在阳光下啦！唐小花，你要不要一起啊？"

唐洛洛惊呼："你你你，你是说？签约？"

麦冬点头："不是说星橙还不错吗？试试看吧，不过我还有几个条件要谈。"

唐洛洛大笑着跳跃："我陪你一起，冬冬，我太爱你了！"说着整个人就向麦冬扑过去，麦冬撑在天台边缘的手毫无防备地受力，一个不稳向后倒去。

陆晓雪连忙扯住麦冬的衣服，反应过来的唐洛洛也立刻回身拉住麦冬的衣服，向天台内侧拉过来。

"唐洛洛！你谋杀啊！"

"我不是故意的啦，我太开心了！"

"好了别闹了，这里太危险了！"

三个女孩相互追逐的身影倒映在夕阳下的天台，那是充满活力的味道，那是青春最美的画卷。

后来常慧晨没有向麦冬道歉，而麦冬也没有再提起这件事，四个女孩就这样风平浪静地继续过着集体生活，不同的是，宿舍外并不是那么的风平浪静，看到冬季的小说继续更新了以后，那些曾经很胆怯，不敢近前要签名的同学又开始蠢蠢欲动了起来，当麦冬执笔签下第一本书之后就开始了一发不可收拾的局面。

星橙公司大厦顶层偌大的董事长办公室，透过一尘不染的落地窗可以轻松地将半个北京城尽收眼底，常远星坐在宽大的沙发里，眼神里带着成功企业家特有的睿智，微笑着端起面前的咖啡喝了一小口，眸光中波澜涌动一番，慢慢放下咖啡杯向坐在对面的麦冬和唐洛洛开口。

“麦冬，我以前很欣赏你的作品，现在我更欣赏你这个人。好吧，你的条件我答应，不给你定数量，让你有充足的时间完善作品的质量，但必要的商业宣传还是要有的，我知道你不喜欢张扬，可我毕竟是个商人，利益保障是基础，我相信你可以理解，我可以保证，你所有的宣传活动，具体的执行方案都会事先征求你的意见。另外，两年后公司可以以你自己的名义为你开办个人工作室，工作室一切大小事务，你拥有决策权。”

麦冬与唐洛洛对视一眼，星橙董事长常远星精准地捕捉到了这其中的讯息。

“关于唐洛洛，公司成立你的专业团队，陪同你一起前往韩国做封闭式特训，为期约一年，春节后出发，你去韩国的这一年，公司会在国内着手为你规划，不出意外的话，一年期满你回国后正式出道。”

一直站在常远星身后的年轻助理很适时地将合同放到麦冬与唐洛洛面前。

常远星笑着开口：“这个合同是修改过的，你们再看一看，我不会强人所难，直到你们都满意了，咱们再签。”说罢他抬手指了指身后的年轻人，“他是明峰，麦冬，在你的经纪人回国前，你的所有行程暂时由他负责。”

“我又不是艺人。”麦冬看着手中的合同头也不抬地说。

“你总要有自己的团队吧，有团队就要有人负责，不然什么都是你一个人来做，那你还哪有时间安心创作呢。”

麦冬无所谓地点头，放下合同：“我这边没问题了。”

唐洛洛也同样表示没有问题，常远星当即代表星橙传媒与唐洛洛签约，并与麦冬约定召开新闻发布会当天在媒体面前进行签约仪式。

走出星橙大厦，这个秋季的晴空一览无遗，湛蓝的天空万里无云，像透过那层剔透的蓝就能一眼看到天堂似的。

“妈，你看到这一切了吗？你会支持我的决定对吧。”麦冬在心里默默地询问远在天国的母亲。

唐洛洛脸上的兴奋溢于言表：“麦小冬，我感觉像在做梦一样，我们的梦想就要实现了对吗？你快掐我一把，我实在是不敢相信啊。”

麦冬好笑地看着唐洛洛，抬手使劲在她脸上捏了一把。

“啊！”唐洛洛发出杀猪般的号叫，“你使这么大劲干吗！”

麦冬一脸无辜：“我怕太轻了掐不醒你。”

“你！我让你真掐了吗！我就是太兴奋了，夸张你懂不懂？还是个作家呢！”

“你不说清楚我怎么知道。”麦冬白眼快翻到天上了。

“我！”唐洛洛刚要狡辩什么，麦冬突然凑近，压低声音神秘地说，“用不了多久，全世界都会知道唐洛洛是一个很聒噪的人。”说完大步向前走去。

剩下唐洛洛一个人在秋风中凌乱了一会儿，然后踩着高跟鞋依旧步履艰难地追在麦冬身后。

第十一章　金秋的桂花树（1）

如果树知道叶要离去
会不会依然滋养生机

如果云知道风要来袭
会不会依然幻化成谜

如果海知道鱼要死去
会不会依然喧嚣嬉戏

如果我知道故事的结局
会不会依然奋不顾身向你奔去……

这世上总是充满了鱼和熊掌的故事，生活就是这样的奇妙，生命的承载量是个固定值，想要得到一些东西就必须要舍弃另一些东西。

深秋的夜里有着些许凌厉的冷意，唐洛洛下意识地缩了缩脖子，张幻迪迅速将自己身上的薄外套脱下，温柔地披在唐洛洛肩上。

“都说了让你多穿一点，天气越来越冷了，感冒了可就不好了。”

唐洛洛轻轻扯了扯披在自己肩上的外套，欲言又止地看着张幻迪，这个像太阳一样的大男孩不知从什么时候开始，已经离她的生活越来越近，渐渐在不知不觉中融入她的生命，或许从最开始的那次碰撞，两个灵魂就注定了今世的纠缠。

张幻迪伸出手很自然地替唐洛洛理了理被衣服压住的长发，不着痕迹地开口："看傻了？我有那么好看吗？"

唐洛洛怒嗔他一眼，移开了自己的视线。

张幻迪宠溺地笑了笑："你叫我来，不会就是为了陪你轧操场吧？"

唐洛洛没好气地反问："不行吗？"

张幻迪打趣地说："你心情不好的时候不应该是吃东西吗？"

唐洛洛停下脚步，转身面对着张幻迪："你怎么看出我心情不好？"

"你心情好的时候都很多话啊。"张幻迪一副理所当然的表情。

唐洛洛微怒地说："你的意思是我心情好的时候都很聒噪？"

张幻迪一脸蒙："啊？我没有啊。"

"你就是这个意思！"

"我不是这个意思。"

"那你是什么意思？"

"我是说，呃，你说话的样子很可爱。"

唐洛洛微微一怔，心底好像被什么东西撞了一下的感觉，接着感到双颊开始发烫，她迅速转开头，心里暗叹，还好是晚上，操场上灯光也不算太明亮。

张幻迪像是洞察到什么似的低头浅笑。

唐洛洛抬步缓缓走在跑道上，张幻迪双手插在裤兜里，安静地跟在唐洛洛身后。

就这样静静地绕了两圈后，唐洛洛缓缓开口，声音轻得像是对自己说话似的。

"其实今天我应该开心的，我终于可以实现梦想了，但是想到以后的日子要自己一个人面对，我又开心不起来了。我以前老缠着麦小冬，我说怕她一个人孤单，但其实害怕孤单的人是我才对，现在我又老胁迫你陪我，这样懦弱又矛盾的我一定很让人讨厌吧。你知道吗？我曾经还大言不惭地跟麦小冬打赌……"

听到唐洛洛说到要离开的消息，张幻迪蹙眉，不等唐洛洛将后面的话说完，一个大步挡在了唐洛洛面前。

"什么时候走？"

唐洛洛顿了顿，开口回答："过完年之后。"

张幻迪无声地点了点头。

"等你回来的时候，就变成大明星了，我想找你要签名都得排队了吧。"

"你说什么呢。"

张幻迪深吸一口气："我是说，唐洛洛，我可以等你吗？"

唐洛洛骤然抬起头，茫然地开口："什么？"

"我可以等你回来吗？以男朋友的身份。"

心跳仿佛漏掉了一拍，全世界在这句话之后都陷入了寂静。

充满期待的寂静。

唐洛洛惊讶的神色渐渐转为惊喜，愉悦的神色在眸光中翻涌，嘴上却叛逆地狡辩："艺人谈恋爱很掉粉的。"

"那你愿意吗？"唐洛洛从没见过张幻迪如此认真的表情，眼中全是期待与忐忑，小心翼翼地询问着她，却不带一丝一毫的强迫与压力。

"可是，我脾气很差的。"

"我知道。"

"可是，我饭量很大的。"

"我知道。"

"可是，我除了唱歌跳舞好像也不会别的什么了。"

“我知道。”

“可是，我……”

“可是，我爱你！”

空气中夹杂着微妙的气氛，秋风也突然变得灼热起来，本就不算明亮的下弦月悄悄地躲进云朵后面，只露出一双调皮的眼睛偷偷地窥探着微光下爱意涌动的二人。

唐洛洛从操场回到宿舍后，一直坐在书桌前傻笑，麦冬和陆晓雪用异样的眼神看了她好几次，但唐洛洛依旧旁若无人地傻笑个不停。

“唐洛洛，你有病吧？”麦冬终于忍不住了，合上手中的书，转身看着唐洛洛。

唐洛洛像是听到了夸奖的话似的，捂住嘴巴偷偷地笑个不停。

陆晓雪连忙起身走到唐洛洛旁边摇了摇她的肩膀。

“洛洛，你……还好吧？”

唐洛洛一把抓住陆晓雪的手腕：“雪，我好啊，我很——好啊。”陆晓雪连忙往后缩，想把手抽出来，奈何唐洛洛拉着就是不松手。

麦冬看着陆晓雪一脸惊慌的表情，无奈地翻了个白眼，将手中的书放在桌上，起身走到依然傻笑的唐洛洛身边，抬手就是一巴掌，狠狠地拍在唐洛洛白皙的手背上。

“啊！啊！”两声惊呼，几乎同时从唐洛洛和陆晓雪嘴里发出。

“麦小冬！你就不能温柔一点吗？”唐洛洛不满地抚摸着自己发红的手背。

“不能！”麦冬没好气地说。

唐洛洛委屈地怨怼一声，接着语气秒变，神秘地对麦冬和陆晓雪说：“你们想知道今天晚上发生了什么事吗？”

“想！”“不想！”一个充满期待的甜美女声和一个冷冰冰的声音同时发出。

很显然，那句冷冰冰的“不想”是由麦冬发出的。

“可是，我很好奇耶。”陆晓雪一脸期待地看着唐洛洛。

唐洛洛难得好脾气地没跟麦冬计较，对着陆晓雪继续神秘地说：“你知道我刚才跟谁在一起吗？”

陆晓雪极为配合，充满期待地开口：“跟谁？”

还不等唐洛洛开口，麦冬冰冷的声音传来：“张幻迪！”

唐洛洛话到嘴边被憋回去，一脸不满地斜睨了麦冬一眼，接着再次秒变神秘地对着陆晓雪说道：“你知道他跟我说了什么吗？”

陆晓雪继续配合道：“说了什么？”

唐洛洛兴奋地开口：“他跟我……”说到这里，她像是情窦初开的少女，害羞似的捂住粉红色的双颊。

“表白了。”麦冬不带丝毫感情的声音再次传来。

唐洛洛瞬间有一种魔术被当面揭穿的尴尬感，她愤愤地站起身：“麦小冬！你这个人怎么这样啊，气氛懂不懂？气氛！全都被你破坏了！”

麦冬冷冷看了唐洛洛一眼：“你第一天认识我？”

“对！你就是个拆台大王！冷血的家伙！哼！”唐洛洛气鼓鼓地坐下。

陆晓雪很是习以为常地解围：“是真的吗，洛洛？”

唐洛洛听到陆晓雪的问话，一改前一秒还幽怨的表情，一颗少女心再次泛滥，眼眸中似乎都能蹦出桃心来，拼命点着头。

陆晓雪似乎比唐洛洛还要开心：“太好了！那你答应他了吗？”

唐洛洛捂着脸笑得花枝乱颤。

“一定是答应啊，她又不傻。”麦冬很不识相地又一次插话。

唐洛洛又一次大变脸。

“麦小冬！你这个人真的是太无趣了！”

麦冬一脸不屑的样子：“我无趣没事，张幻迪不无趣就行。”

陆晓雪附和："哈哈，冬冬这话我同意。"

唐洛洛一副恼羞成怒的样子："你们俩！无聊！不跟你们说了，我洗澡去。"

麦冬冲陆晓雪努努嘴："害羞了。"

浴室传来唐洛洛愤愤的关门声和怒骂声："我要跟你们俩绝交！"

陆晓雪很合时宜地大声问麦冬："这是不是就叫'见色忘友'啊？"

隔着一道浴室的门，三个女孩互相玩闹着、嬉笑着。

寝室门外，常慧晨已经站了很久，放在门边的手却迟迟没有勇气推开那扇门，仿佛在这个四个人的寝室里，她与她们被分成两个平行的世界，她从不曾真正融入她们，又或者是她们从不曾真正接纳她，有时候人与人之间隔阂的产生仅仅源自那么一瞬间的细枝末节。

第十二章　金秋的桂花树（2）

中秋过后的阳光变得温和起来，结束了一上午专业课的唐洛洛飞奔到麦冬安静写作的小湖边。

“怎么？张幻迪今天不能陪你，你就想起我来了？”麦冬故意对唐洛洛嘲讽道，顺手将身边一瓶饮料递过去。

“嘿嘿，这么好，还为我准备了饮料？看得出来你是很想我了。”唐洛洛大大咧咧地拧开瓶盖灌下一口。

“你想多了，这是我输给你的。”麦冬淡淡开口。

“什么输给我的？”唐洛洛不解地问。

麦冬斜睨她一眼：“不是打赌说让张幻迪爱上你，我就输你一学期饮料吗？”

“哦？这就开始了？”

“对，到寒假刚好一学期。”麦冬点头道。

“寒假?!”唐洛洛反应了两秒钟，恍然大悟道：“麦小冬，你耍赖。”

麦冬一脸波澜不惊地合上电脑起身站好：“耍什么赖，下学期你就在韩国了，难不成你想让我每天快递给你啊？”

唐洛洛待在原地一时竟不知该如何反驳。

麦冬好笑地看了她一眼："哎呀，好了，请你吃饭还不行吗？"

唐洛洛听到有吃的，瞬间心情大好："我要吃大餐！"

麦冬装作嫌弃，白了她一眼："行了知道了，快走吧，饿死了。"

唐洛洛像个小孩子似的从地上跳起来，高兴地拉着麦冬的胳膊，嘴里还大喊着："走喽！吃大餐去咯！"

不远处常慧晨呆呆地看着一动一静两个远去的身影，站在原地久久没有离开，脸上看不出任何表情，可眼眸中却翻涌着忽明忽暗的情绪。

生活就像一个天平，天平的两端分别摆放着现实和想象，无论哪一端略多一点，都会带给我们深刻的不平衡感，面对这种不平衡感，处理得当叫羡慕，处理不当就叫嫉妒。

老话说"一场秋雨一场寒"，连续下了一个礼拜的秋雨，北京的气温骤然下降，薄外套已经无法抵挡晚间的寒风，人们开始匆忙地从衣柜里翻找可以御寒甚至可以过冬的衣物。

12 月底，凌大迎来继 10 月校庆后的又一次狂欢——元旦舞会。

陆晓雪作为元旦晚会的主持人之一，自然开始忙碌起来，常慧晨的钢琴表演是晚会不可或缺的节目，所以，常慧晨同样积极投入忙碌的彩排活动中。

唐洛洛虽说在晚会上也有节目，但她更多的时间则是在星橙与团队做着年后特训的前期准备。唯一不用参与晚会的麦冬也没有闲着，星橙集结了大量媒体前来召开"冬季"与星橙签约现场的新闻发布会，并当场宣布元旦期间将推出"冬季"签约后的第一部正式出版的作品，届时将会再次集结各路媒体前来配合现场签售。

发布会结束后，接着进行了记者招待会，各路媒体各种奇怪的问题问得麦冬几度崩溃，强忍着甩头就走的冲动。这一连串活动结束已经夜深了，麦冬坐在公司的车子里，疲惫的身体瘫倒在座椅上，半眯着眼看着窗外迅速远去的路灯，慢慢闭上眼睛。

明峰看了看麦冬，开口："下周你的经纪人就回国了。"

"嗯。"麦冬懒懒地回应。

"是睿阳。"明峰语气中带着崇拜的感觉。

"睿阳是谁？"麦冬继续闭着眼睛开口。

"就是你的经纪人啊，人称 Sunny 哥。"明峰微微一怔。

"哦。"麦冬继续懒懒的语气，听起来快睡着了的样子。

明峰顿了顿，仍不死心地问："你没听过？"

"我应该听过吗？"麦冬仍不改她那漫不经心的语气。

明峰一时有些语塞，缓了半晌，他开口介绍："Sunny 哥是圈内最知名的金牌经纪人，当红的很多艺人都是他一手带出来的，圈内好多执行经纪人都视他为偶像呢，他去年去了韩国总部带新人，这次是应董事长的邀约，特意为了你回国的哦。"

麦冬闭着眼睛没有回应，从她微颤的睫毛和均匀的呼吸声可以知道，此刻的麦冬已经睡着了。

明峰一脸崩溃的样子，使劲地挠了挠头，幽怨地嘟囔着："不过……你们两个的性格真的能合得来吗？"

难得一个轻松的周末下午，麦冬半躺在寝室阳台的沙发上，懒懒地晒着太阳，猫咪一样地微闭着眼睛，只留下一条狭长的缝隙，看着窗外的蓝天白云。

其实星橙早已为麦冬准备了私人公寓，毕竟发布会之后麦冬也算是个不大不小的公众人物了，出入都会有些许的不便，校园里作为同校同学的书迷们逮住机会就要签名合影，为麦冬的公众形象和人身安全考虑，公司多次建议她搬到公寓去住，但麦冬显然还没有做好成为一个公众人物的准备，她依旧我行我素地冷脸拨开人群，面无表情地对着各种镜头，旁若无人地戴着大大的耳机在操场上跑步、上课、下课、吃饭、睡觉、图书馆、小湖边……在她的世界里生活还是跟以前一样云淡风轻。

“丁零！”一声脆响。

麦冬眯着眼睛伸手摸起沙发扶手上屏幕亮起的手机。

手机里是唐洛洛发来的消息。

“小麦麦，外面阳光正好，要不要出来撒个野？”并附上一个鬼脸的表情。

麦冬微微勾起唇角，回复道：“唐小花，你我都是被限制自由的人，青天白日的不能出门。”

“堂堂麦小冬会把这种限制放在眼里吗？”附带白眼表情。

“我是怕你不敢。”麦冬一脸鄙夷地挑衅回去。

“走着！”

一个小时后，戴着一顶棒球帽大摇大摆走出来的麦冬见到了一个把自己包裹成粽子的唐洛洛，头戴一顶夸张的大檐帽，墨镜遮住了大半张戴着口罩的脸。

麦冬一脸见到神经病的表情：“你精神错乱啊？”

唐洛洛看到麦冬简单到不能再简单的打扮同样是一脸见到鬼的表情：“你疯了？”一边说着，一边做贼一般四下张望，接着小心翼翼地摘下自己的口罩，迅速捂在麦冬脸上。

麦冬眼睛里似乎要喷出火来：“唐洛洛，你有病吧。”

唐洛洛听到麦冬的喊声更加用力地捂住她的嘴巴：“嘘！你小声一点！你还怕自己不够显眼吗？”

麦冬没好气地一把推开唐洛洛的手：“你这样才更吸引眼球吧。”

唐洛洛低头看了看自己：“这样很夸张吗？明星出门不都是这样吗？”

麦冬冷冷瞥了一眼她夸张的大檐帽："你在扮演去海边度假的明星吧？"

唐洛洛一边气鼓鼓地瞪着麦冬，一边一把扯下头上夸张的帽子又顺手理了理凌乱的长发。"这回行了吧！"

麦冬讪讪地笑笑："舒服多了。"

唐洛洛没好气地丢给麦冬一个白眼："走吧，她们都等着呢。"

"谁们？"麦冬有些意外地问。

"晓雪和常慧晨她们啊。"

"晓雪不用排练吗？常慧晨怎么也来了？"

"人家还不是觉得上次的事之后关系一直很尴尬，这才想约你出来一起聊聊天，缓和一下气氛嘛。"

"上次？什么事啊？"麦冬一脸呆萌。

"就是在宿舍跟你吵架的事啊。"唐洛洛带着一副看白痴的表情。

"有这个必要吗？"

"人家可是诚心诚意跟你讲和，你可别摆个臭脸啊。"

"我脸就这样，爱看不看！"麦冬说完大步向前走去。

第十三章　金秋的桂花树（3）

虚伪的对白和冰冷的言语
极力地掩饰着不堪的假意

苦涩的毒药包华丽的外衣
清澈的眼底透出一片冷意
……

在街角一家宽敞的咖啡店里，陆晓雪看到唐洛洛和麦冬走进来，对她们招招手，唐洛洛依然戴着她那夸张的墨镜，引得服务员频频看向她，走在唐洛洛身旁的麦冬不由得压低了帽子，快步与她拉开距离。

坐到陆晓雪对面的麦冬一脸嫌弃地随手指了指身后，对陆晓雪说："快把这个瞎子给我弄走，我不认识她。"

唐洛洛使劲推了麦冬一把："说谁瞎呢？往里点！"

麦冬一脸不情愿："我不想跟智障坐在一起。"

唐洛洛二话不说，朝着麦冬一屁股就要坐下来，麦冬无奈，只好往窗边靠了靠，并且使劲靠了靠，那架势仿佛在说，"就算坐在一个沙发上，也绝不靠近你"。

一直没说话的常慧晨看大家都坐下来了，面对麦冬，小心翼翼地开口道：“冬冬，是我拜托洛洛把你拉出来的，因为上次的事情，我一直欠你一声道歉，今天趁着大家都在，跟你说一句对不起，你可以接受我的道歉吗？”

常慧晨脸上带着无比的真诚，一双如夜空中的星辰般明亮的大眼睛里盛满了清澈的泉水，仿佛随时就要满溢而出似的。

麦冬淡淡看了她一眼，清透的笑容在脸上荡漾开：“你想多了，我从来没有在意过。”

常慧晨如释重负般地松了一口气，笑容也随之浮现在脸上。

陆晓雪发出清泉般的声音，开心地笑起来：“你看吧，我就知道冬冬是不会记仇的，冬冬，这家咖啡厅是晨晨特意挑选的，知道你喜欢安静，环境还不错吧。”

麦冬脸上表情温和，抬头环顾四周，笑着点点头。

唐洛洛把庞大的太阳镜往下拉了拉，露出的眼睛透过太阳镜上方边框看向陆晓雪：“没脑子的人都不会记仇的。”

麦冬脸上笑容一僵：“想死啊？”

唐洛洛迅速抄起背后的抱枕，防卫似的挡在身前：“劲爆头条，当红作家冬季公然殴打同公司新人唐某某。”

陆晓雪正捂着嘴笑得前仰后合的，视线突然停在麦冬身后的某处，笑容渐渐凝结。

唐洛洛看向笑声骤然停止的陆晓雪：“晓雪？怎么了？”

常慧晨顺着陆晓雪的目光看去，捂住嘴巴惊呼道：“天哪，那不是邱天学长吗？”

麦冬和唐洛洛应声向身后看去。

咖啡厅门口处走进两人，男生瘦瘦高高的身材，脸上带着同龄人少有的成熟和沉稳，正是陆晓雪的男朋友邱天。而他身边此时却站着一个身材娇小的女孩，亚麻色的长发散在肩头，一身衣裙看一眼便知道价格不菲，脚下踩着一双明星版的高跟鞋，此刻她脸上的表情便像那双高跟鞋一般的傲气逼人。女孩嫩藕般的手臂轻挽在邱天的胳膊上，半个身子似是娇弱无力般倚靠着他，而邱天则没表现丝毫的抗拒，反而伸出大手温柔地搂住女孩轻柔的腰肢。

服务员看到二人走进来，笑着迎上去，似是很熟悉般地打招呼："孙小姐，您来了。"

女孩看都不正眼看那服务员一眼，像是没听到似的继续贴在邱天身侧往前走。

邱天对前来打招呼的服务员微微点头："老位子。"

服务员会意地跟在两人身后，转弯去到里面的隔断。

"这……什么情况？"唐洛洛小心翼翼地开口询问陆晓雪。

陆晓雪一脸不可置信的表情，一双明亮的大眼睛里闪着浓重的雾气。

"你们分手了？"唐洛洛呆呆地问出一句令她自己都想掐死自己的话。

麦冬狠狠白了她一眼："你是真傻啊。"

唐洛洛讪讪地吐了吐舌头。

"晓雪，对不起啊，我不知道他们也会来这里。"常慧晨愧疚地拉着陆晓雪的胳膊说。

"他们？你早就知道这件事？"麦冬敏锐地捕捉到常慧晨话中的信息。

常慧晨一脸纠结的表情："其实……我是听几个学姐她们私底下聊起的，但我以为她们就是因为嫉妒才胡说八道的，又看到邱天学长和晓雪感情那么好，我就没在意，也没跟你们提起过。"

"什么时候的事？"陆晓雪抢在麦冬前面开口，声音中带着微微颤抖。

常慧晨皱着眉头，似是很难过地回答："两个星期前。"

陆晓雪眼睛红红的，但任凭泪水再怎样打转，也始终没有离开眼眶，麦冬知道，这是陆晓雪的自尊，她性格虽温和但却有着非常明确的底线，一旦被触及，她的温和便会变成冰冷的寒霜，将一切感情冻结。

"雪，你还好吗？"麦冬试探性地询问。

陆晓雪眼睛里面空空的，已然看不出任何情绪："两周，他不去做演员真的是可惜了。"

唐洛洛猛地一拍桌子："不要脸的王八蛋，晓雪你也不要再给他留面子了，这种浑蛋根本就配不上你的爱。"

麦冬被唐洛洛突如其来的愤怒吓了一跳，有些无奈地看了她一眼："你小声一点，让晓雪自己做决定。"

唐洛洛气愤不减："她能做什么决定啊，她就是因为太软弱了才被欺负的，这种脚踏两只船的男人最恶心了！晓雪你别怕，我给你撑腰。"

常慧晨立即附和道："对，晓雪，我们给你撑腰。"

陆晓雪空洞的眼中翻涌起云雾，白嫩的双手渐渐握成拳："你们说得对，我不能继续软弱了。"

麦冬蹙眉，她并不认为冲动能解决问题，她极力想安抚陆晓雪，让她先平静下来，奈何唐洛洛这个火爆的臭脾气一个劲地煽风点火，现在还有一个常慧晨也随之附和。

还不待麦冬开口劝阻，陆晓雪猛地站起身，带着满身怒火朝着咖啡厅里面的隔断走去。

"我陪你去！"常慧晨起身跟随。

"我也去！"唐洛洛也跟了出去。

"你们等一下！"麦冬追上去想要拉住陆晓雪。

陆晓雪步子迈得极大，还不等麦冬抓住她的胳膊，她已经拉开了隔断的门帘。

邱天刚要对无故拉开门帘的人发飙，可当看清陆晓雪的脸时，却一时愣住了。

“干吗？”坐在邱天对面的女孩带着被打扰后不满的情绪开口质问。

陆晓雪冷冷看她一眼，转眸盯着愣住的邱天：“她是谁？”

邱天尴尬地清清嗓子：“晓雪？那个……你怎么在这呢？”

陆晓雪加大音量再次问：“她是谁？”

邱天对面的女孩有些生气地开口：“你有毛病啊？我是他女朋友。你谁啊？”

陆晓雪狠狠地盯着邱天逃避的眼睛：“她说的是真的吗？”

邱天依然逃避问题：“晓雪，你先回去好吗？”

陆晓雪声音提高了八度：“我问你是不是！”

邱天看了一眼对面一脸高傲的女孩，又看向陆晓雪，有气无力地点点头。

陆晓雪全身因为愤怒而颤抖，指着自己怒视着邱天：“那我是什么？”

麦冬伸出手轻轻拍了拍她的肩膀，示意她冷静下来。

“你是个什么东西！跑到这里来大呼小叫的，你知道我是谁吗？”被邱天承认是女朋友后，女孩更加狂妄自大，目中无人。

“我管你是谁，抢别人男朋友当小三你还有理了？”唐洛洛的怒火被激起，一脸暴怒地大声回击。

那女孩显然没想到唐洛洛会这样跟她说话，顿时气得满脸通红：“你……我孙菲菲从小到大还没受过这样的气，今天我要让你们好看。”

“菲菲，够了！”邱天低声喝止。

“小天，你就任凭她们以多欺少是不是？”孙菲菲气得直跺脚。

“啪！”一声清脆的巴掌声。所有声音戛然而止，空气在一瞬间似乎定格了。

陆晓雪双眼红得像是能滴出血来一般，死死地盯着邱天。

邱天偏着头，一侧的脸微微红肿起来，眼眸中带着看不清的情绪，好半天才沉声开口："这下咱们俩算两清了吧。"

"呵呵！"陆晓雪气极反笑，"我就是个十足的傻瓜，你的那些虚情假意我竟然信以为真了。"

"晓雪。"邱天眼中满是波澜。

"啪！"又是一声清脆的巴掌声。

孙菲菲不等邱天说完，起身在众人都猝不及防的时候狠狠给了陆晓雪一巴掌："打狗还要看主人呢，我的人轮不到你动手！"

这话从孙菲菲的嘴里脱口而出，气势上威慑力十足，却经不起细细推敲，果不其然，邱天因为这句话暗自狠狠地握了握拳。

看到陆晓雪挨了打，性格冲动的唐洛洛以迅雷不及掩耳之速度一把扯住孙菲菲的头发，孙菲菲发出杀猪般的号叫，一时间引得咖啡厅里的服务员和周围隔断的客人纷纷伸头打探。

场面一度混乱，快要失控，麦冬冲上前想要拉开正在撕扯的二人，却突然被一只大手从后面搂住肩膀，紧接着手臂一用力，将麦冬整个人拉出了混战圈，还没等麦冬看清楚，只觉一道黑影闪过，唐洛洛也被拉出了战场。

"带她们上车！"一道冰冷的男声沉沉地吩咐身后的人，冷得就像黑暗的海底，不带一丝感情的沉寂。

来人大力压了压麦冬头上的鸭舌帽，拉住她的胳膊快步走出咖啡厅。

咖啡厅门口停着一辆白色的保姆车，麦冬认识，那正是星橙集团配给艺人使用的保姆车，看来这个比麦冬还要冰山的男子是星橙的人。

坐进车里，怒火未消的唐洛洛不满地叫喊：“你们是什么人？我告诉你们，就算你们是那个小三的帮凶我也不会怕你们。”

“唐洛洛！”麦冬冷声开口，“别吵了，他们是公司的人。”

唐洛洛还想说什么的嘴巴张了张，接着小声地嘟囔：“自己人怎么都不知道帮忙。”

冰山男冷声开口：“原来你是想一战成名啊？”

唐洛洛一时语塞，刚被孙菲菲欺负还没来得及还手，现在又被她认为的自己人撑了，憋了一肚子委屈，气鼓鼓地对着冰山男狠狠翻了个白眼，“你是哪个部门的？没事不跟着自己的艺人，在外面瞎转悠什么。”

冰山男眼中闪过一丝诧异，但也仅仅只是转瞬而逝，这种瞬间唐洛洛这种神经大条的人自然是看不见的，但没能逃过麦冬的眼睛。

麦冬轻轻干咳一声打破气氛的尴尬，带着提醒唐洛洛的语气开口：“咳！他八成是我的经纪人。”

唐洛洛眼睛一瞬间瞪得大大的：“他他他……你是 Sunny 哥？”

冰山男冷眼扫过唐洛洛，视线在常慧晨脸上停留了半秒接着看向麦冬：“看来你不需要休假，那么就开始工作吧。”

“抱歉，今天实属意外。”麦冬淡淡开口。

“意外？”睿阳不咸不淡地看了一眼低着头的陆晓雪和她身边的常慧晨，“但愿如此。”

“Sunny 哥，现在回公司吗？”司机回头询问睿阳。

睿阳又看了一眼一直低头不语的陆晓雪：“去公寓。”

车子缓缓发动，一行人来到星橙公司为麦冬准备的私人公寓。

第十四章　金秋的桂花树（4）

从离开咖啡厅到进入麦冬的公寓，陆晓雪一个字都没说。

麦冬倒了杯热水放在陆晓雪手里，轻声开口："雪，你手怎么这么冰？很冷吗？"

陆晓雪低着头没发出任何回应。

麦冬拿过常慧晨递过来的毛毯披在陆晓雪身上，轻轻拍着她的后背。

唐洛洛担心地握住陆晓雪的手："雪，你不要为这种渣男生气了，他根本不值得。"

陆晓雪始终不回应大家的安慰，空气中凝结着压抑的低气压，压得每个人胸口都闷闷的。

之前在咖啡厅送她们上车的其中一个男子进入公寓，对睿阳恭敬地开口："Sunny 哥，处理好了，照片、视频和录音都删除了。"

睿阳点点头，声音清冷地嘲讽道："如果不是我正巧在，你们一定上了明天的头条，用这种方式蹿红，还真有你们的。"

"啊？我们被偷拍了吗？"唐洛洛一脸不可思议的样子。

"哼。"睿阳冷笑一声，语气中带着透骨的寒凉，"不管今天的事情是不是意外，我都不希望再有下一次。记住在这个圈子里，冲动是致命的。”

“对不起！”陆晓雪轻声开口，嗓音沙哑地说道，“都是我不好，差点害了你们。”

唐洛洛使劲摇着头：“你说什么呢，我们还是不是姐妹了？无论如何我们都会挺你到底的。”

麦冬拉过陆晓雪的手：“不管怎样，你还有我们，你要好好的知道吗？”

陆晓雪一直强忍着的泪水此刻终于决堤，大颗大颗滴落下来。

唐洛洛从一侧轻轻地抱住陆晓雪的肩膀。

常慧晨坐在沙发的角落里，声音带着歉意地开口：“对不起，是我的错，要不是因为我约大家去那里，就不会出现这些事了。”

唐洛洛转过身安慰道：“你事先也不知道嘛，再说如果今天不发现，那晓雪岂不是还要继续被骗？”

陆晓雪抬起头擦了擦脸上的泪水：“洛洛说得对，晨晨你不要自责了，有你们陪着我，我一定要赶快好起来。”

麦冬看着外表软弱，内心却无比倔强的陆晓雪，带着心疼的情绪开口：“别太勉强自己，慢慢来。”

陆晓雪强迫自己挤出笑容，假装洒脱地说：“冬冬，你这里有没有酒啊？今天陪我大醉一场好吗？”

麦冬放眼向厨房一侧搜寻，虽说这是她的公寓，但她不过是第二次来这里，第一次只是认了认家门而已。

看到麦冬的目光，睿阳起身，熟练地走到厨房，打开上面的柜子，拿出几瓶红酒，又从另一个柜子里拿出红酒杯，将酒和酒杯放到客厅的茶几上后，对着一脸诧异的麦冬开口：“今天晚上你们几个就住在这里，明天上午我来接你和唐洛洛去公司。”接着他又伸手指了指身后的柜子，“那个柜子里面有酒，不够的话自己去拿，有事打电话，我先走了。”

不给麦冬提出质疑的机会，睿阳径直离开了公寓，过来汇报情况的那个小助理也同他一起离开，公寓内只剩下麦冬、唐洛洛、常慧晨和陆晓雪四人。

麦冬将酒倒入酒杯，猩红的液体在透明的玻璃杯中滚动，四个女孩坐在地毯上共同举杯，窗外的月光透过客厅的落地窗洒落在地面上，陪伴她们一同笑着、闹着、哭着、叫着……直到月光变成朝霞，明媚地洒落在大地上，洒落在四个女孩熟睡的脸庞。

那天过后，陆晓雪依然像个太阳似的温暖着周边的人，仿佛一切都没有变化，只是她的身边再也没有了邱天的身影，她的口中再也没有了邱天的名字，而她的心里还有没有邱天的模样就无从得知了。

或许是留给陆晓雪最后的仁慈，邱天退出了元旦晚会的主持团队，对外宣称将机会留给学弟学妹们，但知道这场变故的人都清楚，邱天选择退出只是为了避免尴尬。

日子一如往常，像是什么都没变，但又像是什么都变了。

唐洛洛用更多的时间跟张幻迪腻在一起，她知道自己一走就得大半年，就算回来也一定会以工作为生活的重心，再想有这样清静的时光是不太可能了，所以寒假前的这些日子，她只要有时间，就一定会去找张幻迪，哪怕只是静静地看着他画画，她也很享受有他在身边的时光。

麦冬为新书做着最后的收尾工作，年后的行程被睿阳安排得满满当当，除了日常的宣传和签售，甚至还要参加一些综艺性质的访谈节目，这让麦冬大为不满，但几次抗议都被睿阳面无表情地拒绝了，两个人的磨合正如明峰所担心的那样，两座冰山的关系异常紧张。

常慧晨和陆晓雪的关系亲近了不少，事实上她们四个的关系已经悄然亲密起来，常慧晨正慢慢融进来，校园里有名的三人行已然成为四人行，四个女孩代表了四种截然不同的气质：高傲、冷冽、活力和温暖。

圣诞节前夕，北京下起了雪，皑皑的白雪洒落在树枝上、屋顶上，为大地镀上了一层银色的光芒。

平安夜那天张幻迪请四个女孩吃了火锅，五个人在火锅店里一直吃到凌晨，或许是喝了酒的缘故，陆晓雪看着满天的飘雪和满大街的彩灯，笑着流下了眼泪。这是在麦冬的公寓喝完酒之后，她第一次在众人面前流泪，唐洛洛抱着她，陪她一起哭，她们哭了好久，好久……常慧晨一直看着窗外，不知道在想些什么，眼眸中看不出情绪的变化，饭桌上只剩略带感伤的张幻迪和已经微醺的麦冬举杯共饮。

天快亮的时候，唐洛洛吐得站不起来，张幻迪背着她晃晃悠悠地回学校，常慧晨一晚上都在出神，没喝太多酒，主动承担了照顾陆晓雪的责任，不知道是谁给睿阳打了电话，他很快就出现，将麦冬接回了公寓。

“少喝点啤酒，会水肿的，你是随时都要准备上镜的人。”睿阳一边说一边将醉醺醺的麦冬丢到床上。

麦冬把自己的外套扯下，胡乱丢在地上，嘴里不清不楚地嘟囔着：“你别管我，我是不会去参加那些破节目的，谁都别想安排我的生活。”

睿阳冷冷扫了她一眼，弯腰拾起她随手乱丢的衣服：“喝成这样了还想着这件事？你是有多讨厌上节目？”

麦冬在睿阳弯腰的同时突然坐起来，鼻尖几乎贴在睿阳的脸上，四目相对几秒钟，空气在凝结。

麦冬呼吸间带出的酒气在睿阳鼻息间萦绕，气氛微妙到让人窒息。

麦冬眸光呆滞两秒，伸出手一巴掌捂住睿阳的脸向后推去，边推边痛苦地说："我想吐。"

纵使平时的睿阳再面无表情，此刻他的脸上也是风云变幻，眼中似乎有火焰要喷出，他愤愤地一把拽住麦冬的胳膊，用力将她从床上扯下，大手从她背后一推，将麦冬整个人推进了洗手间。

看着趴在马桶边狂吐的麦冬，睿阳怒气冲天地一屁股坐在床上："我是你的经纪人，我不是你的保姆！你喝再多关我屁事啊！以后在外面喝酒不要给我打电话，我没有义务送你回家！"

睿阳"噼里啪啦"大喊一通，趴在马桶边的麦冬却没有一丝反应，睿阳以为麦冬故意无视他，生气地走到麦冬身边："喂！我跟你说话呢，你听见没有啊！"

麦冬依然没有反应，睿阳气愤地推了一把她的肩膀，只见原本趴在马桶边上的麦冬顺势倒在地上，发出沉重的呼吸声，显然已经睡着了。

睿阳更是气不打一处来，想自己前前后后做了多少超级巨星的经纪人，还没有碰到一个敢对他不恭敬的艺人，现如今竟做了一个小姑娘的保姆，这要是传出去，堂堂 Sunny 哥的名号将何处安放啊。

即便是生气，可睿阳拿这样一个烂醉如泥的小姑娘也毫无办法，只能一边生气，一边嫌弃地将她从地上抱起来，狠狠地扔到床上，再没好气地将被子丢到她身上，自己气鼓鼓地关上房门坐在沙发上。

第十五章　金秋的桂花树（5）

第二天醒来，麦冬皱着眉头回想昨天晚上自己是怎么回到公寓的，努力了半晌，最后放弃地摇了摇头，伸手拿过床边的一杯清水，“咕咚咕咚”地灌下，喝完后翻身下床，拿着空杯子走出卧室。

揉着发涨的脑袋，麦冬迷迷糊糊地走到客厅，拿起餐桌上的冷水壶往自己的杯子里倒水。

“醒了？”一声冷冰冰的声响在麦冬耳边响起，以为家里只有自己一个人的麦冬完全没有任何的思想准备，被这突如其来的人声吓得立即转身，同时手中的冷水壶碰倒了玻璃杯，杯中的水洒了一桌子，杯子沿着桌边眼看就要滚落到地上。

睿阳眼疾手快，立即上前一步，伸手抓住已经滚至桌边的玻璃杯，身体却和转过身子的麦冬贴在了一起，两人再次四目相对，鼻尖就要抵在一起，麦冬一瞬间似乎想起了昨天晚上的那无意识的一幕，眼神中闪过一丝慌乱。

睿阳只是怕杯子掉到地上，也完全没想到这一幕会再次上演，一瞬间也似乎联想到昨天晚上的那一幕，有些愣神。

麦冬慌忙逃离视线，顺势将睿阳推开：“你在我家干吗？”

睿阳又一次被大力推开，想到昨天晚上自己做了一晚上的保姆，顿时有些不爽："你家？这里原来是我住的地方。"

麦冬微微一愣："什么？"

睿阳没好气地将杯子放在桌子上："我之前在国内的时候一直住在这里。"

麦冬愣愣地点点头："难怪你对这里那么熟悉啊。"

睿阳冷冷地瞥她一眼："昨天晚上是第一次，也是最后一次。"

"什么最后一次？"

"我不是你的保姆！"睿阳一字一顿地说。

麦冬不屑地冷哼一声："我还不稀罕呢，谁求你送我回来了？"

睿阳显然没想到，清醒后的麦冬不但没有感谢他反而还嫌他多事："呵！我昨天晚上要是不管你，你现在就得在大马路上醒来！"

麦冬不以为然地冷笑："那又怎样，关你什么事！"

睿阳觉得不可思议地瞪大了眼睛，半晌没说出话。

麦冬露出胜利者得意的表情。

睿阳故意自言自语道："哎呀，宿醉的早上总想喝点粥，我得看看我的粥煮好了没。"

麦冬刚得意了不到两秒，笑容立刻凝结，跟在睿阳屁股后面去了厨房。锅盖一打开，皮蛋瘦肉粥的香气四溢，麦冬不经意地咽了咽口水。

睿阳用勺子搅拌两下，故意往身后扇了扇味道："嗯，好香啊。"

麦冬点头应和："是啊，好香啊。"

睿阳冷冷的口气："你干吗？又不是做给你吃的，别觊觎我的早餐。"

麦冬尴尬地笑了笑："你一个人也吃不完啊。"

"吃不完倒掉。"

“别啊，那多浪费，我还饿着呢。”

睿阳眯着眼笑了笑：“你饿了啊？”

麦冬使劲点点头。

睿阳猛然收起笑容，冰山脸再现：“关我什么事！”

麦冬恨恨地闭了闭眼睛，心里一直告诫自己要冷静，冷静，一定要冷静。

接着带上谄媚的笑容看着一副看好戏表情的睿阳：“Sunny 哥，谢谢你昨天送我回来。”

睿阳摇摇头道：“不用，我是多管闲事了。”

麦冬立刻将头摇得跟拨浪鼓似的：“这话谁说的，她一定是疯了吧。”说完还不忘自己肯定似的点点头，这一刻麦冬觉得自己好像变成了唐洛洛。

睿阳好笑地点点头：“有句话叫‘不为五斗米折腰’，你知道是什么意思吗？”

麦冬心里将睿阳这个贱贱的样子骂了一万遍，脸上却依旧笑着：“呵呵，我想大概就是‘民以食为天’的意思吧。”

睿阳一时间没绷住，脸上笑容绽开：“哦，原来是这个意思啊，那你还不赶快去洗澡，臭死了！”

麦冬笑着应声：“马上去！”接着快步跑回房间。

睿阳站在厨房笑着摇摇头，转身打开火，倒上油，将手边的鸡蛋打在锅里，一整套动作行云流水，非常娴熟。

麦冬收拾好出来的时候，桌子上已经摆好了皮蛋瘦肉粥、牛奶小馒头和荷包蛋。麦冬两眼放光地坐在桌前，小心翼翼地尝了口粥，立刻像发现新大陆似的点着头：“好喝耶，这真的是你自己做的吗？你做饭这么棒啊。”

睿阳冷冷地回应：“少拍马屁，喝你的粥。”

麦冬愤愤地白了他一眼，自顾自喝起了粥。

“要回去吗？”睿阳拿过麦冬手中的空碗和自己的碗摞在一起。

“回哪？”麦冬显然没听懂这句话的含义。

睿阳顿了顿：“今天你不是应该去看看她吗？你妈妈。”

麦冬顿时怔住：“你怎么知道？”

睿阳回答：“你手机上有提示啊。”

麦冬看了一眼自己放在客厅茶几上的手机：“你偷看我手机？”

睿阳一个白眼翻到天上：“我没那个嗜好。”

睿阳昨晚睡在沙发上，早上天刚亮的时候，麦冬的手机就响了起来，睿阳顺手拿起看到了麦冬设置的日志提醒“妈妈生日”。睿阳在公司了解艺人资料的时候知道了关于麦冬母亲的事情，所以他想对于麦冬来说，已故的母亲的生日一定是有特殊意义的吧。

麦冬望着窗外的蓝天出神，睿阳也没有打扰她，默默地将两只碗洗干净收进碗柜。

“你知道吗？我小时候最喜欢过的节日就是圣诞节，不仅可以收礼物，还可以吃蛋糕，但从七年前开始，我讨厌透了这个节日，因为它不再是圣诞节，而是我母亲的忌日。”麦冬看着窗外，声音清冷地说。

“所以你昨天才喝那么多酒？”睿阳走过来与麦冬并肩站着，“去看看她吧，你的生活从此会有一些改变，你一定有很多话想跟她说吧。”

看到麦冬的犹豫，睿阳拉过她的胳膊向外走：“别想了走吧，学校那边给你请过假了，我们现在出发，天黑前还能赶回来。”

“我们？”

“不然呢？你会开车吗？”

麦冬摇摇头，睿阳无奈地撇撇嘴：“我既然连保姆都做了，也不在乎做一回司机了，走吧。”

睿阳开车带麦冬去了麦冬母亲的墓地，一路上麦冬话很少，脸上换回平时特有的无表情状态，沉默地看着车窗外飞速后退的树木。

墓园中，睿阳远远看着麦冬的背影，她呆呆地站在墓碑前，不知道有没有说话，也不知道有没有落泪，总之就是看不出任何情绪，这就是她的自我保护。

第十六章　金秋的桂花树（6）

睿阳想起自己的童年时光，弱小的自己总是躲在房间一角看着父母一次又一次无休止地争吵，甚至动手打架，家里面能摔的、能砸的都被打烂了，甚至连墙壁上都布满了父母打斗的痕迹，而自己却只能懦弱地躲在角落默默地流泪。终于有一次，打闹声突然停止了，幼小的睿阳以为父母讲和了，擦干净泪水从房间跑出来，却看到了浑身是血的母亲和惊慌失措的父亲。父亲看着小睿阳的眼神从疼惜渐渐转变成阴狠，睿阳直到现在都常常在梦中被这个眼神惊醒。

那一年只有 7 岁的小睿阳拼命地逃出了家，冒着漫天的瓢泼大雨，毫无方向感地在暴雨中奔跑，不知道跑了多久，直到自己再也没有一丝的力气，晕倒在路边失去了知觉。醒来后自己就被送到了福利院，整整三年的时间，小睿阳没有开口说过一个字。福利院的工作人员都以为他是个哑巴，直到他在报纸上看到了自己父亲被捕的消息，他才终于敢放开声音，号啕大哭了一场。睿阳后来回去过自己的家，那里早已被铲平改造了，他对自己母亲的记忆只停留在那浑身是血的最后一面，后来连尸体都找不到，更别说立碑了，现在他每每想悼念母亲时，都只能对着曾经家的方向默默难过忏悔。他悔恨自己当初的懦弱胆小，所以长大后的睿阳拼了命地让自己强大起来，无论面对任何事，在他的字典里永远都没有退缩二字。

此刻看着麦冬单薄却倔强的背影，睿阳似乎看到了自己的影子，他默默抬起头，像是在对天堂的母亲诉说着思念。

麦冬将手中的白菊轻轻放在母亲的墓碑前，伸手拂去墓碑上的尘土，那种小心翼翼像是怕惊动了沉睡的人似的。她在墓碑前伫立良久，最后只留下一句话“我在做的事，是我最想做的事，你会支持我的对吧，妈妈”。

说罢，麦冬决然转身离开，向着站在不远处正看着远方的天空，表面看不出任何情绪的睿阳走过去。

“谢谢你啊。”麦冬坐在车上对睿阳说。

睿阳不领情地扫了她一眼：“少来这些虚的，真要谢我就乖乖地去上通告。”

麦冬斜睨了他一眼：“当我什么都没说。”

睿阳不禁失笑：“你能给我个理由吗？为什么那么排斥？”

麦冬简单地回复了两个字：“麻烦。”

“麻烦？你知道你上一档节目前期和后期工作人员的工作有多么复杂吗？他们都不嫌麻烦，你还真敢说啊。”睿阳冷冷地嘲讽着。

麦冬保持冷清的口气：“所以不上，大家都不麻烦。”

睿阳冷冷地看了麦冬一眼，两人都不再说话。

车内的空气瞬间降至零度凝结成霜。

车里放着缓慢的音乐，睿阳冷脸开着车，麦冬将头偏向窗外，懒懒地靠在座椅上，慢慢合上了眼睛。

睿阳不着痕迹地看了麦冬一眼，伸手将车内暖风开大了一些。

麦冬感觉自己好像是睡着了，但又似乎很清醒，她清晰地看到母亲在厨房忙碌的身影，回过头来温柔地笑着说“快去洗手，准备吃饭啦”；她清晰地看到8岁的唐洛洛拿着棒棒糖站在她面前，大大咧咧地塞到她手里说“收了我的糖就是我一辈子的好朋友了”；她清晰地看到中学教室里将长发束成马尾的陆晓雪坐在她的前排，晓雪轻轻转身，温暖地笑着将整理好的笔记递到她的面前说“这是今天的笔记，你拿去慢慢看”。在这场半睡半醒的梦里，她看到了好多温暖的回忆，但所有温暖画面的深处都有一个影子站在阴影里，那影子泛着微光，让人看不清楚到底是天使还是恶魔。

回到学校时天已经黑了，麦冬在进入校门的前一秒睁开眼睛，皱着眉头揉了揉自己略微酸痛的脖子，转头看着面无表情的睿阳开口：“谢谢你特意送我回来。”

睿阳轻描淡写地回答：“我是你的经纪人，我有义务保证你的安全。”

麦冬大为鄙视睿阳这种假装一本正经的样子，都说女孩子心眼小，在麦冬看来，睿阳这心眼也大不到哪里去，麦冬愤愤地丢给他一个大大的白眼，摔门而去。

睿阳淡淡地朝麦冬下车的方向看了一眼，在麦冬踏进女生公寓的大门后，睿阳发动车子，扬长而去。

“回来了？”唐洛洛坐在床上跷着二郎腿听着歌，看到麦冬进门，开口打招呼。

麦冬“嗯”了一声，算是回应。

“吃饭了吗？”陆晓雪停下手中的笔抬头问麦冬。

麦冬将外套胡乱搭在椅背上，自己半个身子倒在床上，冷声开口：“不饿。”

陆晓雪、唐洛洛和常慧晨三人互相对视一眼，谁都不想引火上身，所以全都乖乖闭了嘴。

过了圣诞节就迎来了元旦，凌大一年一度的元旦晚会多以学生之间的互动为主，除了几个简单的开场节目，剩下的就是自由舞会了，这种自由的形式增加了学生之间的互动，很多单身的男孩女孩都借这个机会拉近彼此的距离。

身为晚会主持的陆晓雪一身黑色晚礼长裙，站在舞台上闪闪夺目，裙身剪裁完全贴合陆晓雪玲珑有致的身材，黑色蕾丝的边缘带着神秘的诱惑感，这一身打扮是唐洛洛特意拜托自己的团队为陆晓雪打造的，用唐洛洛的话说，必须要秒杀全场，让那些天天在背后说风凉话的小人傻眼，事实上唐洛洛所预期的效果确实达到了，星橙的团队的确不是说说而已，实力绝对超凡，经过他们打造后的陆晓雪一改以往的清纯风格，走起了神秘的魅惑风，魅惑里带着让人不敢亵渎的神圣感，就像是圣洁的天使展现出邪恶的力量，那邪恶也透着让人仰慕的光辉，即便是静静地站在那里，也美得让人移不开眼睛。

“怎么样！怎么样！是不是秒杀全场！”唐洛洛兴奋地看着台上的陆晓雪。

“是倒是，不过你借用你的团队的事真的没问题吗？”麦冬有些担心地看着唐洛洛，毕竟她还是公司的新人，而且还没有正式出道，这样随意挪用公司的人力应该是不符合规矩的吧。

“哎呀，没事啦，大薇姐人很好的，她听了晓雪的事比我还气愤呢。”唐洛洛一脸安心的表情。

“你还把晓雪的事告诉别人了？”麦冬惊讶地看着唐洛洛。

“没关系啦，都是自己人，放轻松。”唐洛洛边说着边从头到脚打量了一遍一身休闲装的麦冬，“不过话说回来，你这一身打扮参加舞会你觉得合适吗？”

麦冬满不在乎地耸耸肩膀："我不是来参加舞会的，我又不会跳舞。"

唐洛洛无言半晌，指着周围一个个精心打扮过的少女道："你看看，这里哪一个不是费尽心思想要吸引注意力啊，你这也太不在意了吧。"

麦冬无所谓地摇摇头："高跟鞋我穿不了，你知道的。"

唐洛洛重重地叹一口气，仿佛很心累似的摆出一张生无可恋的脸。

第十七章　金秋的桂花树（7）

好久不见你，太阳照常升起
刮风、下雨，四季依然清晰
起床、洗澡，出门路上奔跑
回家、睡觉，梦境偶尔迟到

好久不见你，世界照常欢喜
天黑、亮起，昼夜依然交替
公园、街角，人群熙熙攘攘
天台、操场，喧嚣掩埋悲伤
……

“亲爱的老师们、同学们、各位学长，大家晚上好！”陆晓雪一如往常的暖音入耳，叽叽喳喳的人群安静下来，一道道带着惊奇的、爱慕的、妒忌的、探究的目光看向舞台上夺人眼球的陆晓雪。

陆晓雪向着台下众人微微一笑，笑容如春风拂过每个人的面孔，夹杂着暖洋洋的青草香气。凌大校花裴茜一身宝蓝色衣裙站在陆晓雪旁边有些黯然失色，这更加引发了台下观众们的议论。

在陆晓雪的引领下，众人的目光聚集到舞台一侧坐在钢琴旁一袭朱红色长裙的常慧晨身上，她从容不迫地起身微微弯腰，向众人致谢，接着重新坐在钢琴前，手指飞扬，一曲欢快的晚会开场曲飘荡在盛大的宴会厅，举手投足间尽显大家闺秀的风范。

几个简单的歌舞类节目穿插表演完之后，元旦舞会正式开启。

张幻迪很绅士地邀请唐洛洛共舞一曲，唐洛洛灿烂一笑，大方接受邀请，两人在舞池中央翩翩起舞，引得周遭一阵阵窃窃私语，人群中最愤恨的一道目光来自舞台角落穿着宝蓝色落地长裙的裴茜，先是在舞台上被陆晓雪抢了风头，现在连自己青梅竹马的张幻迪都被人抢了去，裴茜妆容精致的小脸上呈现出鲜明的愤怒模样，双手紧紧握住自己的衣角。

麦冬独自站在宴会厅的露台上摇晃着手中的香槟，看着唐洛洛满脸幸福地与张幻迪跳着舞，麦冬唇角勾起，脸色笑容绽开。

“什么事啊，这么开心？”连续拒绝了几位学长邀请的陆晓雪走到露台上，正好看到笑意盎然的麦冬。

麦冬转头看着宛如堕落天使般走过来的陆晓雪，笑容更加绽开，放下手中的高脚杯，从旁边桌子上拿起一只空酒杯和手边的半瓶香槟酒，金黄色的液体缓缓倒入杯中，伸直胳膊递给陆晓雪。

“我说半天看不到你呢，原来躲在这里逍遥自在了。”陆晓雪笑着接过杯子。

两只酒杯在月光下轻轻一碰，发出清脆的声响，麦冬将杯子送到嘴边，金黄色的液体滑入口中顺着喉咙缓缓流入，清冽的酒香迅速充满整个口腔，麦冬笑盈盈地开口：“我又不会跳舞，在这里看热闹咯。”

陆晓雪轻靠在护栏上笑着打趣：“你呀，总是能找到这么清静的地方。”

“寒假准备干吗？”麦冬转过身看着露台下的泳池开口。

“还能干吗，洛洛过了年就走了，寒假当然是多陪陪她咯。”陆晓雪也转身过来回答。

“我就知道，不止我一个人想当电灯泡。”麦冬笑着说。

“不能让一个张幻迪分去了我们俩的爱啊。”

“打住啊，你对唐小花有爱，我可没有。”

“你啊！就是嘴硬！”陆晓雪笑着白了麦冬一眼。

“你们俩怎么躲在这啊？”常慧晨的声音从两人身后响起。

陆晓雪笑着回过头，热情地跟常慧晨挥手。

麦冬不动声色地收敛笑容，跟常慧晨点点头算是打招呼了。

常慧晨走近两人，笑着开口：“你们可真会躲清闲。”

麦冬笑着说：“我不太适应吵闹的环境，在这吹吹风。”

常慧晨笑得眼睛弯弯的，伸出手拉住两人的胳膊：“走吧，洛洛要唱歌了。”

陆晓雪转头看向麦冬：“一起进去吧，外面有些冷呢。”

麦冬点点头，跟着两人进入了宴会厅。

舞池中央立了一架麦克风，一段20世纪80年代大上海风情的音乐响起，唐洛洛从容地走到麦架前，青葱玉指缓缓握住麦克风，滑润的嗓音轻启，一首舞曲带着众人仿佛穿越到20世纪，一曲唱罢，掌声四起，唐洛洛弯腰致谢。

这时换了一身淡紫色衣裙的裴茜走向场中，在唐洛洛身边站定，带着一脸虚伪的笑容开口：“感谢唐洛洛同学带来的歌曲，真的是余音绕梁呢，唐洛洛同学唱功了得，演技也是可圈可点的。”说到演技二字，裴茜特意加重了声音。

唐洛洛微微蹙眉，紧接着带上礼貌性的笑容：“多谢学姐夸奖，我还有很多地方要向您学习呢。”

裴茜笑意更浓："我可不敢当，要说演技你可是老师，都能靠演技骗到男朋友，还有什么不能演呢？"

唐洛洛表情一怔："我不明白你说什么。"

台下张幻迪脸色有些黑，开口制止道："小茜！"

裴茜一脸正色地对张幻迪开口："幻迪哥哥，你被她骗了你自己都不知道吧，她根本就不爱你，你只不过是她的战利品，是她和麦冬打赌的对象而已。"

张幻迪脸上带着极力掩饰的愤怒："够了！我的事还轮不到你插手！"

裴茜以为张幻迪不信她，依旧不依不饶："不信你自己问她啊，唐洛洛！你自己说有没有这回事？你是不是和麦冬打赌如果你能搞定张幻迪，麦冬就输你一学期的饮料？"

唐洛洛一脸震惊，机械地转头看向麦冬，此时的麦冬眉头紧蹙，对唐洛洛摇着头，眼神中写满不明所以。

张幻迪看向唐洛洛，又转头扫了一眼麦冬，从两人的眼神交流中，他几乎可以确定这件事的真实性，在众人窸窸窣窣的讨论声中，张幻迪红着眼睛苦笑着点点头，转身穿过人群离开了宴会厅。

唐洛洛这才晃过神，两步走到麦冬身边，气急败坏地开口，眼圈通红："亏我拿你当我最好的朋友！"说罢不等麦冬开口，顺着张幻迪离开的方向，穿过人群追了过去。

裴茜一脸得意地笑着开口："作家的思维就是不同于常人，对吧冬季大作家。"

人群中的私语声更加强烈了起来，有些人甚至拿出手机开始拍照、录像。

"对啊，她就是冬季啊。"

"听说年底要出新书呢。"

"这种连朋友都出卖的人，她的书不看也罢。"

“也不能这么说，我看那个唐洛洛就是有问题，连爱情都可以欺骗。”

“别大惊小怪的，没听说过吗，物以类聚，人以群分。”

第十八章　金秋的桂花树（8）

陆晓雪听着周围不断传来的私语声，伸手拉住呆在原地脸色苍白的麦冬，在她耳边低语："先离开这里再说。"说完也不管麦冬做何反应，拉着她的手就往门外大步走去。

两人从宴会厅一路跑到小树林旁，麦冬甩开陆晓雪的手。

"这事有问题！"麦冬一边微微喘着气，一边蹙眉说着。

"裴茜说的是真的吗？这是什么时候的事？我怎么不知道？"陆晓雪也停下来，大口喘着气问。

"你记得最开始的时候吗？张幻迪第一次请洛洛吃饭，她不好意思自己去，硬要拉上我，那时候你还跟……"说到这里，麦冬看了陆晓雪一眼，没有接下去。

陆晓雪抿抿嘴，掩饰着自己心底的敏感点，点点头说："我知道那次，然后呢？"

"然后她说觉得张幻迪还不错，跟我打赌说一个学期搞定，当时我以为她就是开个玩笑，谁知到后来她真的喜欢上那家伙了。"

"这事还有谁知道？"

"就是因为没有人知道我才说奇怪啊。"

陆晓雪拖着裙摆在原地走来走去，半晌才开口："你别把洛洛的话放在心上，她就是容易冲动，等她冷静下来她就会想明白的，你是绝对不会出卖她的。”

麦冬叹了口气：“我现在担心的不是这个，我是怕她跟张幻迪解释不清楚。”

“要不……”陆晓雪犹豫地开口，“我们去看看？”

麦冬看了一眼穿着高跟鞋，拖着长裙摆的陆晓雪：“你可以吗？”

陆晓雪给了麦冬一个安心的笑容，点点头。

麦冬将自己的外套脱下来披在陆晓雪身上：“我穿得多，倒是你别感冒了。”

陆晓雪唇边噙上暖暖的笑意，跟着麦冬开始往大操场的方向寻找唐洛洛的身影。

唐洛洛循着张幻迪的踪迹跟出来，踩着高跟鞋一路小跑，追上他。

“张幻迪！你等我一下。”唐洛洛对张幻迪的背影高声叫着。

张幻迪像是没听见似的继续快步走着。

“哎！张幻迪！你听见没有！啊！”唐洛洛焦急地跟着张幻迪跑，没注意脚下的洼坑，一个没踩稳，险些摔倒。

听到唐洛洛的惊呼，张幻迪身形顿了顿，转身停在原地：“唐洛洛，我只问你一句话，小茜说的是不是真的？”

唐洛洛顾不上检查自己的脚，快步跑到张幻迪面前，伸手抓住他的胳膊：“你听我说！”

张幻迪不耐烦地打断唐洛洛的话：“回答我！是！还是不是？”

唐洛洛蹙眉，无力地点点头，接着开口：“但事情不是你想象的那样！”

“够了！”张幻迪低喝一声，“你说是，我就信了。”说罢甩开唐洛洛的胳膊就要走。

唐洛洛着急，胡乱地抓住张幻迪的衣服：“在你眼里，我就是个骗子吗？”

张幻迪没有回头，声音带着浓浓的压抑感：“以前不是。”

“现在呢？”唐洛洛带着哭腔问。

沉默半晌，张幻迪沉声回答：“我不知道。”

唐洛洛眼泪大滴落在手背上，她缓缓松开手，脸上看不出表情，点点头：“好，既然你不信我，那我无话可说，分手吧。”

张幻迪身子一僵，声音冰冷：“我们都静一静吧。”

唐洛洛歇斯底里地大喊：“我说分手，你听不懂吗？”

张幻迪双拳紧握，声音哽咽道：“好，那就如你所愿。”说完头也不回地大步离去。

张幻迪刚离开，麦冬和陆晓雪恰好赶来，看到站在路边的唐洛洛。

陆晓雪快步走上前：“洛洛，发生什么事？”

唐洛洛呆呆地看着地面不说话。

麦冬伸手拉住唐洛洛微微颤抖的手臂，冰冷的温度从掌心传来。还不待麦冬开口，唐洛洛一把甩开麦冬的手：“我们分手了，你满意了吧？”

麦冬蹙眉看着双眼涨得通红的唐洛洛。

陆晓雪将自己肩头的衣服拿下，一边披在唐洛洛身上一边开口：“洛洛，你冷静点，你误会冬冬了。”

唐洛洛一把推开陆晓雪的手，同时将陆晓雪手中的衣服打落在地上：“冷静？你让我怎么冷静！我刚刚失去了爱情！同时也失去了我自以为最亲近的姐妹！”

“唐洛洛！你给我理智一点！”麦冬压着怒气开口。

唐洛洛看向麦冬的眼神冰冷，她带着苦涩的笑一字一句地说：“在这个世界上，只有你这种没有感情的人才能在任何时候都保持理智！”

“唐洛洛！”麦冬怒喝。

唐洛洛使劲一挥手，将所有的情绪都宣泄在眼前的空气里：“你别叫我！你早就等着看我笑话了吧，从小到大都是我在讨好你，我像跟屁虫一样跟着你，你根本就没有在意过我，什么姐妹什么友情你根本不放在眼里，你只在乎你的感受，你心里只有你自己，从来都是！”

“唐洛洛，你过分了！”麦冬一脸惊愕，没想到自己在唐洛洛眼里竟是如此不堪。

唐洛洛冷冷一笑：“对，我是过分了，那你呢？你把我当傻子一样耍就不过分吗？好玩吗！”

陆晓雪看着已经被点燃、即将要爆发的麦冬赶紧出声制止：“洛洛，你真的误会了。”

唐洛洛冷冷地看了一眼陆晓雪：“陆晓雪！你别在这假惺惺地装好人！”

本打算劝架的陆晓雪表情一怔，想要拉住唐洛洛的双手突然不知所措地停在原地。

唐洛洛冷声开口：“你内心明明也很愤怒，你为什么不发泄出来呢？你的男朋友平白无故被人抢了，你怎么就能天天跟没事人一样呢！还是说你跟麦冬压根就是一样的人，都是没有感情的怪物！”

陆晓雪像遭受晴天霹雳一般呆在原地，麦冬愤恨地推开唐洛洛，弯腰捡起地上的衣服，咬着牙说：“唐洛洛，你现在就是条疯狗。”说完拉着表情木讷的陆晓雪向寝室的方向走去。

那天晚上唐洛洛没有回寝室，常慧晨打电话给麦冬，说是唐洛洛不想回宿舍，她陪着唐洛洛在外面住一晚，让麦冬和陆晓雪不要担心。

陆晓雪因为唐洛洛的话难过了一整个晚上，麦冬倒是有些习以为常，气过了也就没事了，麦冬了解唐洛洛甚至多过了解自己。12岁那年，唐洛洛和另外一个小女生因为一件玩具而打架，她气麦冬没有帮她，在麦冬胳膊上狠狠咬了一口，齿痕到现在都依然明显；15岁那年，唐洛洛顶撞老师被通知家长，因为麦冬没有帮她说话差点绝交；17岁那年，唐洛洛被酒吧一个男生搭讪，因为麦冬没有及时出手，她们俩的友情又一次破裂，唐洛洛不止一次控诉麦冬是个没有感情的家伙，不止一次要跟麦冬绝交，但没有一次兑现过自己说的狠话，所以麦冬根本不担心唐洛洛对她的态度，她真正担心的是唐洛洛这个大大咧咧的姑娘第一次恋爱却以这种方式收尾，她要多久才能抚平心里的痛。

第十九章　金秋的桂花树（9）

第二天一大早，唐洛洛肿着双眼回到了寝室。

陆晓雪看到唐洛洛，起身想要打招呼，忽而想到前一天晚上唐洛洛说的那些话，却又硬生生坐回了原位。

麦冬看着陆晓雪极不自然的动作，不动声色地解围。

“一晚上不见，你变兔子了？”麦冬冷冷开口。

陆晓雪似乎有些意外麦冬的率先开口，她本以为麦冬应该更生气才对，被唐洛洛误会，还被唐洛洛骂了那么多难听的话，此刻就算是不至于甩头走人，至少也应该拒不理会吧，以她对麦冬性格的了解，吵完架后是决不可能率先开口求和的。

唐洛洛身后的常慧晨友善地拍了拍唐洛洛的肩膀：“好啦，大家都是朋友嘛。”

唐洛洛满眼委屈地盯着麦冬，眼泪像断了线的珠子似的吧嗒吧嗒掉下来，颤抖着声音，咧着嘴喊着：“你说话也太难听了。”

麦冬微微勾起唇角，玩味地开口：“你第一天认识我？”

唐洛洛再也控制不住自己的情绪，大哭着上前一把抱住麦冬，趴在她肩膀上，发出震耳欲聋的哭声。

哭得像个孩子般惊天动地，哭得像个孩子般毫不掩饰，哭得像个孩子般任性率真。

陆晓雪跟着唐洛洛的哭声也低声抽泣起来。常慧晨轻轻叹息一声，转身出了寝室。麦冬脸上表情平和，轻轻抱住唐洛洛，任由她的眼泪夹杂着乌黑的眼线浸湿了自己纯白的T恤衫。

过了许久，唐洛洛哭累了，将眼泪和鼻涕一股脑地抹在麦冬白色T恤的袖子上，抬起头来泪眼婆娑地看着麦冬。

麦冬嫌弃地一把推开她："唐洛洛！"

唐洛洛一脸可怜兮兮的样子："怎么啦？衣服重要还是我重要？"

麦冬冷哼一声，还未开口便被唐洛洛抢先一步："别说了，我知道了，我给你洗还不行吗？"

麦冬丢给唐洛洛一个白眼："这还差不多。"

麦冬扫过一旁低着头的陆晓雪，然后用胳膊碰了碰唐洛洛，朝陆晓雪的方向努了努下巴。

唐洛洛像个犯了错的孩子似的咬住下唇，一脸乖萌地转过身，声音带着哀求地开口："雪，对不起啦，我昨天不该对你发脾气，你原谅我吧。"

见陆晓雪没有反应，唐洛洛委屈地看向麦冬，麦冬再次朝陆晓雪努了努下巴。

唐洛洛闭了闭眼睛，像下定决心似的开口："雪，你要实在生气的话，要不你就……打我吧。"

"扑哧"一声，陆晓雪实在没忍住，笑了出来。

唐洛洛看陆晓雪笑了，自己也跟着笑了。

陆晓雪走过来抱住唐洛洛："傻丫头，你说得都对，我怎么会生你的气呢？只有真正的朋友才会说这些话不是吗？"

唐洛洛不好意思地笑着点点头。

友情有的时候就是这么说不清道不明，也没有什么道理可言，就像秋天树叶必然会变黄掉落，就像冬天窗外的水珠必然会凝结成冰，一切都是那么的理所当然。

唐洛洛没有再提起张幻迪，但任谁都能看得出来，她虽然嘴上不说，可每次路过服装系的大楼，那充满了失落却仍有所期盼的眼神，骗不了任何人。

期末考试在即，同学们为了不挂科都在紧张地复习，那些穿梭于人群中的八卦话题渐渐平息下来，麦冬看着在自习室抱着书一节课没翻过一页的唐洛洛，无奈地揉揉发涨的脑袋。唐洛洛专业课突出，但公共基础课成绩却不怎么好，照这样下去非挂科不可，对于下学期就要去韩国特训的唐洛洛来说，带着挂科的成绩出道可绝对不是一件好事。想到这，麦冬放下揉着太阳穴的手指，转而拍了拍发呆的唐洛洛。

“唐小花，你在想他吗？”麦冬开门见山地问。

唐洛洛眼神有一瞬间的慌张，麦冬将她脸上所有的神色尽收眼底。

不等唐洛洛找到合适的回答，麦冬再次开口：“别做让自己后悔的决定，人这一辈子真的没有多长。”

唐洛洛眼眶微微发红，声音带着一丝哭腔开口：“他已经恨死我了。”

“没有爱，哪来的恨呢？”麦冬漫不经心地轻叹。

“那为什么他不来找我？”

“等考完试，自己去找一个答案吧，不管结果怎么样，至少以后不会因为自己曾经的决定而遗憾。”

“他要是不理我，会不会很丢脸啊？”唐洛洛迟疑着。

“你什么时候这么没自信了？这还是我认识的唐小花吗？”麦冬歪着头看着唐洛洛的脸。

“我当然不是没有自信！我这不是怕他还没消气吗。”唐洛洛抠着手指甲闷闷地说。

“等你从韩国回来你都是大明星了，你还这么畏首畏尾的？”麦冬为唐洛洛加油打气。

唐洛洛重重地点点头：“说得对，我唐洛洛从来就没输过。”

期末考试像是铁面判官一样如期而至，无论你是喜是悲，无论你在经历痛苦还是绝望，都要因为它而停下脚步。

唐洛洛考完最后一科，如释重负地深呼吸几次，快步走出考场。

没有回宿舍，唐洛洛径直出了学校大门。

在街边一家精致的蛋糕店里，唐洛洛拿着新鲜出炉的草莓蛋糕笑意盈盈。

傍晚时分，服装系大楼的画室里灯光闪烁，唐洛洛站在楼下紧张地看了看手中的蛋糕盒，忐忑地上了楼。

唐洛洛从来都是个傲娇的公主脾气，无论是非都没有低过头，和麦冬十几年的朋友，每次吵架后都是顺着麦冬给的台阶不温不火地下台，从没有自己主动求和过，这次为了张幻迪也是拼了。

越来越接近画室，唐洛洛就越发忐忑，紧握着的手心全是汗水，唐洛洛第一次觉得，原来道歉是一件如此艰难的事情，她暗暗下决心，以后要对张幻迪好一点，不能老欺负他了，对别人低头的感觉真的是不太好呢。

画室的门半开着，走廊的地板上映出屋内的灯光，橘色的光线柔和得宛若一条幽静的小溪，唐洛洛蹑手蹑脚地向门边靠近。

站在离门口一步之遥的地方，唐洛洛只觉自己的心脏都快跳出来了，每一次的跳动都带着激动的血液直冲大脑，唐洛洛脸颊微红，眼光闪烁着兴奋与不安，双手握拳紧了又松，松了又紧，如此几次，终于下定决心似的迈开步子站到半开的门前向画室里面看去……

第二十章 金秋的桂花树（10）

星橙大厦的顶层总裁室，常远星坐在沙发上微微摇头。

“这可不行，无论如何你也要说服她参加几档综艺节目，单凭作品在这个圈子里根本就没有什么曝光率。”

睿阳站在沙发对面，好看的眉毛轻轻皱起。

“如果她不配合，硬拖到节目上恐怕会适得其反，您也知道，冬季不像那些哗众取宠的艺人，就算要增加曝光率，也要有适合她的节目才行。”

“总之，我把她交给你，你不会让我失望吧。”

睿阳微微低头：“我会尽力的，董事长。”

常远星满意地点点头。

“没什么事我先出去了。”睿阳说罢转身准备离开。

“晚上回家吃饭吧，正好晨晨也考完试了，她一直念叨着好久没见你了。”常远星看似只是提出建议，话语间却带着不容置疑的口吻。

睿阳顿了顿脚步，声音里听不出任何感情地回答：“知道了。”

冬天的夜来得特别早，眼看着太阳刚刚下山，黑暗便一瞬间吞噬了大地。

麦冬看了看窗外，锃亮的玻璃和着黑夜映照出她冷冽的脸庞。

“那丫头干吗去了？电话也不回。”

盘腿坐在地上正闭目练习瑜伽的陆晓雪睁开眼睛。

“我再打一个试试。”

电话拨通了，数声之后传来一个清冷的女声：“对不起，您拨打的电话暂时无人接听，请稍后再拨……”

陆晓雪再次失落地放下电话对麦冬摇摇头。

“还是没人接，你说她会不会去找张幻迪了？”

“那也应该说一声吧，臭丫头越来越不像话了。”

“唉，女大不中留啊！”

麦冬嘴角勾起无奈的笑意。

“常慧晨回家了？”

“听她说她哥哥回来了，好像是好久没见了。”

“她还有个哥哥？”

“好像不是亲哥哥，我也不是很清楚，偶尔听她提起过。”

“大户人家就是不一样，家族成员都错综复杂。”

陆晓雪刚要说什么，手机响起来。

“是洛洛。”她说着接起了电话。

张嘴就要奚落唐洛洛的陆晓雪听着电话里的声音，表情僵在唇边……

常家别墅里，常远星看向坐在左侧的常慧晨。

“晨晨，这一次考试怎么样啊？”

常慧晨一脸不满地噘起嘴。

“爸，从小到大我哪次成绩让你失望过？”

“那倒是，你这聪明的脑袋啊，随我！”

常远星爽朗一笑，接着小心翼翼地开口问道：“晨晨啊，你出国的事考虑得怎么样了？”

“哎呀爸，我哥刚回来你就要赶我走啊，我不走，我要陪着我哥。”常慧晨边说边看向坐在对面一直未抬头的睿阳。

常远星微微叹气：“晨晨，睿阳在国内有工作，你别胡闹。”

“我不管，哥，你必须陪着我。”常慧晨放下手中的筷子，郑重地看着对面的睿阳。

睿阳轻轻抬起头，冷峻的脸上看不出任何情绪：“最近还有很多宣传要做，我就先回去了。”

常慧晨急忙站起身：“哥，我还没吃完呢。”

睿阳起身的动作未作任何停顿：“嗯，你慢慢吃。”

常远星对睿阳微微点头：“吃饱了吗？”

“是，多谢董事长款待。”

“都是一家人，不必这么客气，回去路上小心。”

“爸！”常慧晨不满地对常远星撒娇道。

“以后没事啊常回来吃饭，一个人在外面也吃不好。”常远星没理会女儿继续开口。

睿阳对常远星微微躬身，离开了常家的别墅。

“爸，你干吗让哥走？”

“你没听到吗？他还有很多工作要做。”常远星说着起身向客厅走去。

常慧晨气鼓鼓地跟着走过去。

“什么工作，还不都是麦冬的事吗！”

常远星颇为好笑地看着常慧晨：“当初可是你把她推荐给我的啊！”

“我只是告诉你她就是‘冬季’，你要推荐她是你的事情，你干吗让我哥跟着她？”

“你是吃醋了？”常远星打趣道。

“我才没有。”

常远星看着眼神闪躲的常慧晨，正色道：“你可别忘了，他即便是我的养子，对外也是常家的人，他只能是你的哥哥。再说了，能配得上我常家女儿的，怎么也得是门当户对的，他即使再怎么有才华也不够格。”

常慧晨不耐烦地说了句“知道了”，便起身回了自己房间。

医院的急救室门口，唐洛洛失神地跌坐在冰冷的地板上，头顶表示急救的灯早已熄灭……

两个小时前，唐洛洛满怀忐忑地拿着蛋糕去找张幻迪复合。

站在画室门口，透过半开的门缝，唐洛洛看到了她做梦也不敢相信的事情，画室里张幻迪背对着她，而在张幻迪对面站着的裴茜正闭着狭长的凤眸，享受着张幻迪的亲吻。

“啪嗒！”一声，唐洛洛手中的蛋糕掉在地上，雪白的奶油洒在灰蒙蒙的地板上，鲜红的草莓如同滴落的鲜血般在那片纯白上显得触目惊心；振聋发聩的声响回荡在空荡荡的走廊里，震碎了空气中的暧昧情愫，也震醒了张幻迪麻木的心。

张幻迪猛然回过头，看到的是唐洛洛几乎绝望的脸，与此同时，唐洛洛转身就跑，连她自己都不知道为什么要跑，她只是想要逃离这里，逃离这残酷的现实，逃离这不堪的世界。

耳边呼啸而过的风里夹杂着张幻迪紧跟其后的呼喊声，唐洛洛全然不顾，只是闭着眼睛疯狂地奔跑，仿佛这样就可以甩开她刚刚所看到的一切，可以甩开心中那撕心裂肺的痛。

直到一声刺耳的刹车声划破天际，也划破了唐洛洛被悲伤包裹的心。

唐洛洛停止奔跑，转过身时，看到的是张幻迪腾空而起的身体，重重地坠落在坚硬的水泥地面，冒着热气的猩红的血液在他身下缓缓绽开成诡异的曼陀罗花，张幻迪眼睛里透出万般不舍的情绪，紧紧地盯着唐洛洛的方向，慢慢失去了焦点。

漫天的风声，人们的惊叫呼喊声、车辆的喇叭声、救护车的警笛声从四面八方袭来，铺天盖地，唐洛洛已经听不见任何声音，眼前只有人们簇拥而来的身影和张幻迪带着不舍的双眼……

她甚至忘了哭喊，忘了呼救，大脑在那一刻似乎停止了运转，呆呆地看着张幻迪失焦的双眼，直到救护车赶来，将她和张幻迪带到医院。

手机在身上响了又响，唐洛洛仿佛听不见似的；茫然地、愣愣地瘫坐在地上，来来回回的医护人员于心不忍，这才回拨了陆晓雪的电话。

陆晓雪和麦冬跑进医院，一眼就看到坐在急救室门口的唐洛洛。

“洛洛……”

“洛……”

任凭她们怎样摇晃，唐洛洛都只是呆呆地看向前方，仿佛在她的世界里根本看不见任何人。

“怎么会这样？”陆晓雪急得眼泪直往下流。

“唐洛洛！你给我醒过来，告诉我发生了什么！”麦冬的怒吼声引来周围人的不满，此刻的她却顾不得那么多。

终于，唐洛洛有了反应。

“为什么！我为什么要跑？是我的错！是我害死了他！”唐洛洛带着祈求的口气对麦冬说。

“到底出了什么事！”麦冬忍着哽咽沉声询问。

“我看到……幻迪和裴茜在一起，我就跑，拼命地跑……我不知道！后来……后来……后来他……我为什么要跑！”唐洛洛失魂落魄，前言不搭后语地说出这段话。

麦冬和陆晓雪在医生口中已经得知张幻迪死亡的消息，此刻听到唐洛洛说出前因后果，心痛得无以言表，麦冬将唐洛洛轻轻抱住，安抚着她："没事了……"

不知道唐洛洛什么时候睡着的，这一睡就是三天，再次睁开眼的时候，她发现自己躺在医院的病床上，陆晓雪趴在她的床边，麦冬坐在一旁的沙发上闭着眼睛。

盯着病房里带着死亡气息的惨白的天花板，唐洛洛就那么呆板地睁着眼睛，毫无生气的双眼一眨不眨，像是穿过天花板直直看到了天堂。

病房门缓缓打开，睿阳走进来，病床上的唐洛洛机械地转过头又缓缓地转回去，睿阳走近床边。

"你醒了？"

麦冬听到声音睁开眼睛，看到发呆的唐洛洛，急忙起身走到她身边。

"洛，你醒了？"

陆晓雪睡眼惺忪地抬起头，看到睁着眼睛的唐洛洛瞬间睡意全无，又惊又喜地拉过她的手。

"洛洛，太好了，你终于醒了。"

唐洛洛没有任何回应，依旧呆呆地盯着天花板。良久，她带着干涩而沙哑的声音开口："Sunny 哥，我什么时候能去韩国？"

睿阳微微一怔，还未回答，唐洛洛砂纸般的声音再次响起："我想离开这里，越快越好。"

睿阳微微点点头："我知道了。"

唐洛洛闭上眼睛，沙哑的嗓音中带着浓浓的倦意："谢谢。我累了，你们出去吧。”

“洛洛……”陆晓雪还想说什么，麦冬拉了拉她的胳膊，三人离开了唐洛洛的病房。

第二十一章　寒冬的焰火（1）

忘了时间，忘了真假，忘了说话

忘了思考，忘了祈祷，忘了回答

忘了晴天，忘了阴雨，忘了风沙

忘了承诺，忘了誓言，忘了童话

忘了自己，忘了世界……

忘不了他

一年后……

有人说，时间是治愈伤痛最好的药物，无论发生过什么，只要有足够的时间，那伤痛的记忆就会自动愈合，哪怕那道伤口曾经是那样的深不见底，哪怕那道伤口曾经让你痛不欲生，哪怕那道伤口曾经差点要了你的命……时间都会慢慢地为它消炎，将它缝合，到最后只剩一条蜿蜒丑陋的疤痕，不大不小地贴附在胸口，让你低头便会看到，但却再也感受不到那份刻骨铭心的痛……

麦冬敲下最后一个字，合上笔记本，伸了个懒腰。

睿阳推门走进来，冷峻的脸庞在阳光下闪着金色的光芒。

“差不多该出发了，今天是你的庆功会，你可不能迟到。”

麦冬懒懒地站起身：“晓雪到了吗？”

“在路上了。”

这一年来，麦冬的人气一路飙升，新书一上架顷刻间便售罄，粉丝数量不断上涨，人气直逼当红艺人。却也让她多了几分“不得已”。她被迫离开学校宿舍，搬到公司安排的公寓住，虽然公寓安保系统完善，却抵挡不住书迷的热情，常常有一些疯狂的粉丝日夜守在公寓楼下，让麦冬连出门都要万分当心。麦冬经常只能苦恼地闷在房间里，无所事事时除了想想去了韩国就杳无音信的唐洛洛，剩下的时间就只能工作，这一年下来竟收获颇丰，其中一部小说正在筹备改编成电影。

会场周围早已人山人海，在一众工作人员的护卫下，麦冬进入会场化妆间。

早早等在化妆间的陆晓雪依旧仙气十足，及腰的墨发衬得她未施粉黛的脸庞越发的玲珑剔透，麦冬形容她越来越像不食人间烟火的天使了。

在化妆的过程中，麦冬问起陆晓雪的近况，她说自己刚刚收到一家电视台的通知，下个礼拜去面试。之后她们又聊到许久没有消息的唐洛洛，麦冬气愤地抱怨她自从去了韩国就像人间蒸发了一样，一个电话都没有，只能通过公司的消息勉强得知她还活着。

晚上八点整，当红人气作家“冬季”庆功会正式开始！

星橙娱乐董事长常远星率先致辞，之后麦冬上台象征性地背了一遍来的路上睿阳为她准备的发言稿，剩下就是嘉宾自由喝酒、娱乐的时间。

麦冬在常远星和睿阳的带领下，跟几个出版商和制片人打了招呼，之后便和陆晓雪一起跟公司的某个艺人聊起了天。

“冬冬，我带你去见一个人。”睿阳走到麦冬身边说。

麦冬秀眉皱起：“还有什么重要人物啊？”

睿阳唇角微勾：“这个人对你来说真的很重要，非见不可。”

麦冬深深叹了口气，心想又是哪个投资商或者集团老总，脸上挂上程式化的笑容，咬着牙问睿阳：“在哪？”

睿阳微微侧身，让出身后的一条通道：“来了！”

麦冬顺着睿阳手指的方向看过去，人群中缓缓走出一个人。

银色高跟鞋足足有十公分，使礼服下白嫩的双腿显得修长无比，纤细的腰身散发着少女柔美的气质，栗棕色的长发打着卷，垂在胸前，一张精致的小脸上，闪着自信的光芒，琥珀色的瞳仁散发着启明星般的光亮，笑容在脸上荡漾开来，霎时间仿佛世界都失去了颜色。

“唐！小！花！”麦冬不可置信地看着走近自己的人。

陆晓雪呆呆地愣在原地，眼中泛起白雾。

“好久不见，麦小冬！”

麦冬看着唐洛洛微红的眼圈，不禁皱了皱微酸的鼻子。

“你还认识我啊？我以为你失忆了呢。”

唐洛洛哑然失笑。

“你化成灰我也认识！”

麦冬嘴角笑容绽开。

“晓雪，还好吗？”唐洛洛看向麦冬身边的陆晓雪。

陆晓雪忍着泪水点点头。

“洛洛，你回来了真是太好了，你知道吗？你可让我们担心死了。”

“我都知道，所以我回来啦，惊不惊喜？开不开心？”

陆晓雪捣蒜般点着头：“开心！太开心了！”

麦冬冷哼一声："我可没有担心她。"

唐洛洛不以为然地翻了个白眼："也不知道是谁，一个礼拜得问公司八百多遍我的情况。"

麦冬嗤之以鼻："谁啊？这么闲？"

"还是那么嘴硬！"

陆晓雪"扑哧"笑了出来，唐洛洛与麦冬对看一眼，也笑了起来。

窗外花灯在夜里泛出红晃晃的春节气息，新的一年很快就要到来，人们总是自以为是地相信，新的一年会有新的气象，新的一年似乎一定有好的事情到来，一年又一年，人们总是这样无休止地许着相同的愿望，自我催眠。

寒冬就要过去，新年的生机勃勃同样荡漾在三个女孩稚嫩的脸庞上。

那天晚上，三个女孩窝在麦冬公寓的沙发上，抱着红酒杯聊了整整一夜的天，直到东方天际泛起红光，三人才各自睡去。

那一夜她们聊到了麦冬的人气飙升，聊到了陆晓雪被电视台看中，聊到了常慧晨去维也纳留学，聊到了唐洛洛的第一张个人专辑正在筹备；她们聊到了上大学以前的事，聊到了高中时考试陆晓雪帮她们作弊被发现，聊到了唐洛洛在酒吧驻唱被搭讪，聊到了麦冬把欺负陆晓雪的男生打到哭；她们还聊到了麦冬的新电影邀请唐洛洛加盟，聊到了以后只上陆晓雪的访谈节目，聊到了三人无论到什么时候都是不分开的好姐妹。

她们从过去聊到未来，从天黑聊到天亮，聊了天，聊了地，但唯独没有一个人开口聊感情，张幻迪这个人就好像从未出现在她们的世界里一般，三个人非常默契，谁都没有提起这个名字。

麦冬和陆晓雪是不敢提，喝再多酒也不敢提起这个名字，她们害怕触碰到唐洛洛最脆弱的地方，害怕再看到一年前的那个行尸走肉般的唐洛洛，而对于唐洛洛，谁都无法确定，这个名字现在还是不是她的痛。

青春飞驰过每个人的生命，除了那些深深浅浅的印记，什么也留不下……

第二十二章　寒冬的焰火（2）

那是谁？我用尽全力防备

别转身！别看穿我的狼狈

那个人，用沉默将我包围

那名字，我已不敢再面对

……

陆晓雪一身干练的时装打扮，站在电视台大厦楼下几次深呼吸，鼓足勇气带着紧张而兴奋的心情进入人事部总监办公室，推开门看到的人却是她做梦都没有想到的，那个曾抢了她的男朋友还到处耀武扬威的孙菲菲。

即便陆晓雪再淑女，此刻仍忍不住在心里暗暗唾骂这个世界玩笑似的巧合，毫无疑问，面试肯定泡汤了，不仅如此，还被孙菲菲毫不留情地数落一番，陆晓雪苦笑着离开电视台，心里狠狠鄙视了一番这个无巧不成书的世界。

两个小时后，陆晓雪换下那身颇感束缚的职业装，一袭长裙衣袂飘飘地出现在麦冬新书发布会的现场。

麦冬还是一身休闲装扮，虽然是休闲装，却也是被精心挑选过的休闲装，脸上带着不易被察觉的妆容和程式化的微笑，周身褪去了早期的棱角锋芒，多了几分成熟的圆滑，谦谦有礼地对着记者微笑点头。

陆晓雪看着台上这样谦和的麦冬，一阵感慨涌上心头。

“她变了不少吧？”睿阳站在陆晓雪身边开口，眼睛却始终没有离开麦冬。

“都是你教的吧？”

睿阳自嘲地笑了笑：“以前总嫌她全身都是刺，现在倒是有点怀念带刺的她了。”

陆晓雪淡淡地看了睿阳一眼：“终究她还是要适应这个市场，不是吗？”

睿阳轻轻叹了口气，微不可闻。

在奔往下一个通告地点的途中，陆晓雪将电视台遇到孙菲菲的遭遇一股脑地倾诉给麦冬。

麦冬撇撇嘴：“怎么会是她？”

“她爸是台长，她做个总监的位子不是很正常吗？”

麦冬不置可否地点点头，接着闭上眼睛，配合化妆师在她脸上飞舞地粉刷，嘴里含糊不清地说：“我下午有个签约仪式，晚上约唐小花一起去唱歌吧，就像高中时候那样，把不痛快的都喊出去。”

陆晓雪笑着使劲点点头：“好！”

KTV偌大的包厢里，坐着唐洛洛、麦冬、陆晓雪和睿阳，唐洛洛一曲唱完拿起桌上的酒杯大喊：“让我们为了更加美好的明天，干杯！”

麦冬轻笑一声，酒杯送到嘴边抿一口放下，顺手拉过唐洛洛，让她坐在沙发上：“你喝多了！”

唐洛洛脸颊带着微微的红晕，琥珀色的眼睛弯起好看的弧度："才没有，我们来玩游戏吧，真心话大冒险。"

不等麦冬开口，微醺的陆晓雪已随声附和。

"好好好，老规矩，谁都跑不掉！"

游戏第一轮，陆晓雪摇出的点数最大，麦冬点数最小。

"真心话还是大冒险？"

"真心话。"

陆晓雪端起酒杯跟麦冬一饮而尽，随后问道："冬冬，当初选择公开'冬季'的身份，你后悔了吗？"

麦冬轻笑摇头："虽然有些时候会身不由己，但值得庆幸的是我对作品始终都保持初心。"

唐洛洛对这种问题表现得嗤之以鼻，皱着眉头说："这是什么问题啊？晓雪，你以为你做专访呢？问点劲爆的好不好？"

陆晓雪不知所措地看了看唐洛洛："那你来问？"

麦冬冷笑："这轮结束了，要问等下一轮。"

唐洛洛做出撸袖子的动作，一脸古灵精怪的笑意："别被我抓住哦！"

游戏第二轮，唐洛洛点数果然最大，但询问的对象却不是麦冬，而是陆晓雪。

"是真心话还是大冒险呢？"

陆晓雪一脸讨好相，端着酒："真心话吧，唐大美女，你手下留情啊。"

唐洛洛一脸坏笑地喝下一杯酒，琥珀色的眼睛骨碌碌转了两圈，神秘兮兮地开口："请问陆女神，你现在可有喜欢的人啊？"

陆晓雪微微一怔，犹豫着该如何回答。

唐洛洛眨着贼溜溜的大眼睛提醒道："不能说谎哦。"

陆晓雪微微调整了坐姿，带着少女的娇羞点了点头。

唐洛洛眼睛瞬间放光："是谁？"

陆晓雪无辜地抬头："不是只问一个问题吗？"

唐洛洛失落地噘着嘴，不甘心地开始了第三轮游戏。

接下来的唐洛洛像是开了挂一般，接连好几局都是最大点数。

"Sunny 哥，麦小冬是不是很难搞？"

"嗯，常常有想掐死她的冲动。"

"麦小冬，我走的这一年你是不是很想我？"

"想个屁。"

"你说谎！罚酒。"

"麦小冬，我要跟你跳舞！"

"你神经病啊，我选真心话。"

"不行，我就是要跳舞。"

显然喝多了的唐洛洛眼神迷离地拉着麦冬乱七八糟地跳着舞，陆晓雪笑着看着疯闹的两人，眼前浮现出三人高中时的景象，那是有着市级三好学生称号的陆晓雪第一次逃课，那时候的她们顶着一张稚气未脱的脸庞，三个人在 KTV 疯玩了一下午，那时候也像现在一样，唐洛洛拉着不情不愿的麦冬跳舞，陆晓雪笑着拍着手喝着饮料。

和那时不同的是，原本酸酸甜甜的饮料变成了杯中苦涩的酒，原本那纯粹得不能再纯粹的笑容，此刻却隐隐透着咸咸的味道。

有人说，小时候是哭着哭着就笑了，而长大后却是笑着笑着就哭了。

睿阳转头看到陆晓雪脸上滑落的泪珠，伸手抽了张纸巾递过去。

陆晓雪接过纸巾对睿阳笑了笑。

"如果能一直这样该好多。"

"如果是你们三个，应该没问题吧。"

“但愿如此吧。”

陆晓雪伸手拿桌上的酒杯，睿阳抬起手压住了她的手腕。

“你今天喝了不少了，心情再怎么不好也别拿自己的身体开玩笑。”

陆晓雪无所谓地笑笑，转头看向睿阳。

“你喜欢麦冬，对吗？”

睿阳眼中荡起一丝波澜，只一瞬间，他收回压住陆晓雪手腕的手。声音听不出任何情绪地说：“你喝多了。”

陆晓雪一丝苦涩的笑意蔓延在唇边，抬头将手中的酒一饮而尽。

第二十三章　寒冬的焰火（3）

时光飞逝，岁月如梭。回国后的唐洛洛事业风生水起，半年时间便拿下了“最佳新人奖”和“最受欢迎女歌手”的两大奖项，麦冬新电影的筹备也进行得如火如荼，女主角顺理成章地敲定公司的当家小花旦——唐洛洛，男主角是韩国华裔男演员——程澔轩。

演员定妆的那一天，聒噪的唐洛洛在化妆间跟麦冬叽叽喳喳地表达着对人物定位的独特见解，麦冬翻着白眼一一否决，命令唐洛洛乖乖按照原定计划试妆。唐洛洛带着不满地坐在椅子上，一个人小声嘟囔着。

“你好，请问……”

“我不知道！”唐洛洛头也不回地打断身后传来的声音。

“呃……那个，我是想说……”

身后的声音依旧不依不饶，唐洛洛不耐烦地回过头。

“你想……干吗？”转过头的一瞬间，唐洛洛的语气从烦躁硬生生地变成温柔。

唐洛洛身后站着的，是一个高高瘦瘦的大男生，小麦色的皮肤散发着男性特有的成熟气息，咖啡色的碎发随意地附在额前，凌乱中带着些性感，看到唐洛洛的脸后，瞬间绽放出灿烂的笑容。

对帅哥天生没有抵抗力的唐洛洛，展开羞涩的笑容，极其矫揉造作地理了理已经非常柔顺的长发，发出甜死人不偿命的声音：“请问，有什么事吗？”

“呃……”似乎是被180度大转弯的唐洛洛吓到了，男生微微语塞，半晌伸出手露出瓷白的一排牙齿开口道：“你好，我叫程澔轩。”

唐洛洛伸出手：“你好，我是唐洛洛。”

“我知道，我认识你。”

唐洛洛收回手，甜甜地笑着。

“你不认识我了吗？”程澔轩开口。

唐洛洛疑惑地在脑海中飞速搜索着。

程澔轩讪讪地笑着：“也对，毕竟我改了名字。那你还记得交换礼物的事吗？”

唐洛洛笑容在脸上微微定格：“交换礼物？！”

“对，小学的时候。”程澔轩努力鼓着腮帮子。

“你是……那只猪？”唐洛洛瞪大了眼睛，一瞬间又不好意思地摇摇头，“哦不，对不起，我不是说你，我是说那个礼物。”

程澔轩不在意地大笑道：“你想起来了？”

“你是，傻小胖？”唐洛洛不可思议地上下打量了他一番。

在这个男孩身上哪还有半点当时傻小胖的影子，身材好得简直没话说，五官精致到像是雕刻出来的一般，一边看着唐洛洛一边使劲点着头。

程澔轩再次露出羞涩的笑容。

“你怎么成了韩国华裔了？”不出一刻钟，自来熟的唐洛洛又一次激活了自己的聒噪模式。

“小学毕业后我就跟我妈移民了，我继父是韩国人。”

“你身材怎么变得这么好的？我还记得你小时候的样子！哈哈哈……”

程潞轩丝毫不介意被唐洛洛揭短，傻乎乎地笑着耐心回答。

“也没有啦，说起小学时候，还多亏了你呢，不然我真的太尴尬了。”

“你说那个礼物的事啊？哎呀，其实我当时只是替冬冬解围啦。”

“什么事又替我解围了？你不给我闯祸就谢天谢地了。”麦冬和睿阳推门走进化妆间。

“冬，你快看他是谁？”唐洛洛兴奋地拉过麦冬，指着程潞轩说。

麦冬像看傻了一般看了唐洛洛一眼，不屑地甩开她的手，靠近唐洛洛的耳边低声啐了她一句：“花痴的老毛病又犯了是吧？”

“睿阳！”程潞轩露出整齐的白牙，跟睿阳打招呼道。

“你小子，回国也没告诉我啊，不是因为定妆我都见不到你是吗？”

“冤枉啊，我刚下飞机。”

“你们认识啊？”唐洛洛看着热情打招呼的两个人。

程潞轩笑容依旧灿烂：“当初在韩国就是睿阳带我进公司的呢。”

睿阳应和着点点头：“我们可认识好多年了，你想知道这小子的情况可以问我。”

唐洛洛翻了个白眼：“我认识他比你还早呢。”

“什么情况？”一头雾水的麦冬看了看一脸傲娇的唐洛洛。

唐洛洛神秘兮兮地问：“猜猜他是谁。”

麦冬没好气地冷哼一声：“唐小花，你吃错药了吧？你当我不看电视的？”

唐洛洛大笑着退后两步：“哈哈哈，麦小冬，他是你的过敏源。”一边说着，一边顶起自己的鼻子发出两声猪的哼唧声。

麦冬转头打量着程潞轩，不敢置信地试探开口：“我们认识？”

程潞轩挠挠头：“不好意思啊，当时我真的不知道你对毛绒玩具过敏。”

“哈哈哈哈哈哈哈哈……”唐洛洛坐在椅子上捧腹大笑。

麦冬蹙眉瞥了她一眼，随即开口：“呵呵，世界可真小。”

“这是什么情况？”睿阳看着一脸抱歉的程澔轩和笑得站不起来的唐洛洛，小声问身旁一脸尴尬的麦冬。

麦冬不咸不淡地开口：“他是我们的小学同学。跟我去看看摄影棚准备好了吗。”说完拉着睿阳的胳膊向外走去。

“呃……一会聊啊澔轩。”睿阳一边被麦冬拖着走，一边回头跟程澔轩招手。

身后唐洛洛的笑声还未停息，麦冬“啪”的一声将化妆间的门紧紧关住。

“感谢收听 MF101.1，这里是午夜之声，我是晓雪，今天的节目就要跟大家说再见了，最后送出一首歌，祝各位晚安，我们明天见。”

陆晓雪透过玻璃，看见导播的手势，摘下耳机，揉了揉有些发涨的脑袋，刚要起身，体态肥胖的经理挤进狭小的直播间，满脸带着油腻，谄媚地说：“晓雪啊，我听说你认识作家‘冬季’，这是真的吗？”

陆晓雪起身后撤一步，紧贴着墙壁站着，皱着眉头没有回答。

“晓雪啊，你要是能把她请到节目中做个嘉宾，咱们可就火了，你明白吗？”肥胖的经理伸出厚实的手掌在陆晓雪瘦弱的肩膀拍了拍，胳膊上的肥肉跟着手掌的抖动晃晃悠悠地震了震。

陆晓雪嫌恶地侧了侧身，冷冷地开口：“我不认识她。”

“晓雪，这可是关乎你自己的前途啊，你好好想想吧。”肥胖的经理挤了挤贼溜溜的小眼睛，横着从狭窄的直播间移了出去。

陆晓雪不动声色地扇了扇空气，好像那股油腻的味道残留在空气中久久不曾离去。

第二十四章　寒冬的焰火（4）

漫天的冰雪咆哮着到来

带来的是末日

还是新生……

随着新电影的拍摄结束，也迎来了中国人民的传统节日——春节。

在外拼搏了一年多的唐洛洛在陆晓雪的陪同下回家跟父母团聚了，作为电影编剧和监制的麦冬则留在了片场与工作人员进行最后的收尾工作。

工作结束后，天色已晚，麦冬拒绝了所有工作人员的邀请，独自回了公寓。

越是热闹的节日，越让人觉得孤独，麦冬觉得与其在热闹的人群中强颜欢笑，倒不如一个人守着孤独来得自在。

麦冬抱膝坐在窗边的地板上，静静地看着万家灯火。

大年三十是团圆的日子，外出的游子都回到了家里，此时此刻，那些灯火通明的房子里，应该全是欢歌笑语或者久别重逢的喜悦吧。

麦冬在记忆里翻找一番，好像在自己的世界里，从来都没有过一家团聚的感受，她不知道那份喜悦到底是怎样的滋味，只记得第一次在唐洛洛家里过年，看着忙前忙后唠唠叨叨的唐妈妈和端着茶壶走来走去的唐爸爸，那是第一次，她在他们面前流下了眼泪。

是羡慕吗？

是羡慕吧！

不知道此时的唐洛洛一家在干什么，想到唐洛洛，麦冬嘴边浮上笑意，拿出手机想要打电话给唐洛洛，却在拨出号码的那一刻停下了手上的动作。

算了吧！

还是不要打扰他们一家团聚了吧！

虽然之前唐洛洛极力邀请麦冬一起回家过年，但麦冬却以工作为由推脱了。

是害怕吧。

她害怕见到他们一家其乐融融的样子。

她害怕那份真实的美好会将她吞噬。

她还有重要的事要做。

她要保留心中的愤怒。

她要亲手找出那个男人，问问他到底为什么可以这样草率地毁了她和她母亲的一生。

她一直在等着那一天。

一阵敲门声打断了麦冬的思绪，她抬头看了看墙上的时钟，夜晚十一点整，会是谁？

她蹑手蹑脚地走到门边，竖起耳朵听着门外的动静。

“是我！开门。”睿阳的声音隔着门传到麦冬耳朵里。

麦冬轻轻松了一口气，打开门。

“大半夜的，你怎么来了？”

睿阳扬了扬两只手，手里两个大袋子装得满满当当：“很重的，让开。”

麦冬快速退后一步，让出通道，睿阳走进来。

麦冬关上门，跟着睿阳进了厨房，看着睿阳将手中的袋子放在地上，轻车熟路地拿出锅。

“你要干吗？”麦冬踮着脚看着睿阳将袋子里的食材一一拿出来。

“吃饭啊。”睿阳回答得理所当然。

“我是说，你不用回家过年吗？”

“不用！”

“为什么？”

“我没有家。”

听着睿阳云淡风轻的口吻，麦冬微微怔住，接着抱歉道：“对不起啊，我不知道……”

“你要是闲着没事，帮帮忙可以吗？”

“啊？哦……好！”

不一会儿，热腾腾的火锅在桌上泛着红晃晃的光。

麦冬露出孩子般兴奋的笑。

“你怎么知道我想吃火锅？”

睿阳拎着啤酒走过来，淡淡回答：“方圆几十里，我只买到这个。”

麦冬没趣地皱皱鼻子，拿过啤酒打开。

“新年快乐！干杯！”

睿阳打开啤酒，跟麦冬轻轻碰了一下后喝了一大口。

“尝尝味道怎么样。”

“嗯……好吃耶。”麦冬止不住地点头。

酒过三巡，麦冬抱膝坐在椅子上，拿着啤酒歪着头问睿阳。

“睿阳，跟我说说你的故事吧。”

“干吗？找素材啊？”

“嘁！我只是觉得我们也认识这么长时间了，我好像从来没听你说过你的家人啊。”

“我没有家人，有什么好说的。”

“那你一直一个人生活吗？”

“差不多吧。”

睿阳记忆里浮现出自己在常家过年的日子，冷冷清清的大房子里，常远星独坐书房，常慧晨缠着他，让他陪她看联欢晚会，他只是一言不发地坐在沙发上，脑袋里回荡的是小时候天天萦绕在耳边的父母的争吵声，那声音和着过年的鞭炮声让睿阳异常烦躁，每当他想到这里，都会把自己关在房间，直到鞭炮声停息，他的心才会平静下来。

他到常家这么多年，却从未拿常家当过自己的家，他清楚地知道常远星看中他的是什么，他所做的只是尽心尽力地为星橙集团尽职。

麦冬看着睿阳坚毅的脸庞，想着这个大男孩或许有着和自己相仿的境遇，不禁有些怜悯之情。

“睿阳。”

“嗯？”

“谢谢你陪我过年。”

“嗯。”

窗外“砰”的一声响，麦冬转头看去，灿烂的烟火腾空而起，在湛蓝的天空中发出金灿灿的光芒。

“好美啊。”麦冬赤着脚跑到窗边。

睿阳起身站在麦冬身后，看着烟火在空中散落，化成无数光点再快速落下。

玻璃窗倒映出二人的身影，坚定而柔和。

“新年愿望是什么？”睿阳看着麦冬在窗户上的倒影。

“愿望吗？”麦冬唇边的笑容渐渐收敛。

“我想找一个人，找一个让我妈等了一辈子的人。”

“有线索吗？”

麦冬摇摇头，从脖子上取下一枚戒指。

“这是我妈生前很宝贝的东西，我想应该是那个人送的吧。”

戒指上刻着很独特的花纹，却看不出到底是什么，睿阳看过之后还给麦冬。

“别着急，总会找到的。”

麦冬收起戒指点头：“我也这么觉得，我一定会找到他的。”

看着焰火，听着鞭炮声，麦冬喝了很多酒，好像也说了很多话，麦冬觉得，那好像是她活到这么大第一次说那么多话，具体说了些什么，她也不记得了。

听着外面的鞭炮声渐渐平息，睿阳将摇摇晃晃的麦冬扶进卧室，他恍然才发现，似乎今年的鞭炮声竟没有那么吵。

“来！我们继续喝！”麦冬躺在床上挥舞着手臂。

“你别乱动，我去倒杯水给你喝。”睿阳把麦冬胡乱挥舞的手臂拿回被子里，转身去客厅倒水。

“不喝水，我要喝酒。”

“好好好，知道了。”

听到睿阳离开的脚步声，麦冬“噌”的一声站起来，轻手轻脚地走到客厅，站在睿阳身后。

睿阳丝毫没有察觉，只顾着站在桌边倒水，背对着卧室的门。

放下水壶，一个转身，鼻尖刚好碰触到近在咫尺的麦冬的脸上，淡蓝色玻璃杯中水波荡漾，在杯壁上激荡出的水花飞溅。

温热的呼吸喷洒在对方的脸上，带着酒香的呼吸就像曼陀罗花般有着致命的吸引力，四目相对，睿阳只觉喉咙一阵干涩，握着杯子的手紧了紧，低下头，向那花香源头探去……

第二十五章　寒冬的焰火（5）

麦冬猛地睁开眼睛，坐起身，看着窗外晴朗的天空，晃了晃沉重的脑袋。

看来！昨晚又喝多了！

勉强站起来，颤颤巍巍地走出卧室，厨房传来“哐哐当当”的声音。

麦冬探头看去，睿阳穿着一件黑色的短袖T恤和一条黑色长裤站在灶台旁打鸡蛋，认真打鸡蛋的背影有着黑骑士般的帅气，她深深吸了口气，慢慢靠近。

“那个……早啊。”

“嗯。”

“不好意思啊，我昨天好像又喝多了。”

“嗯。”

“那……我没做什么奇怪的事情吧？”

睿阳突然停下手中的动作，转过身，眼眸中闪着微光，带着危险且暧昧的气息慢慢靠近麦冬的脸。

麦冬愣愣地僵住，脑海中只剩下四个大字。

“他！要！干！嘛！”

睿阳在自己鼻尖快要触碰到麦冬鼻尖的距离停下，薄唇轻启，暧昧的话语在空气中晕开："做了什么你不记得了吗？"

麦冬瞪大了眼睛，呆呆地屏住呼吸。

睿阳唇边笑意更深，眼神缥缈着向浴室的方向扫了一眼。

麦冬瞳孔骤然收缩，看着睿阳魅惑的丹凤眼。猛然间后撤一步，抱住自己的肩膀。

"不会吧！"

随后闪电般冲进浴室。

在不到三秒钟后，浴室里传来惨绝人寰的叫声！

睿阳转身继续若无其事地打鸡蛋。

麦冬像逃脱瘟疫般，跑了出来。

"你吓死我了！"

睿阳带着一副嫌弃的表情反问道："你想什么呢？"

麦冬慌乱地逃开视线，清了清嗓子。

"那个……你衣服怎么了？"

"你还好意思问我？"

"不会是我……"

"就是你！你吐了我一身！"睿阳一字一字地咬着牙怒视着麦冬。

"啊？那那那你怎么不把衣服扔了啊？"

"扔了我穿什么？你今天要做的事情就是把衣服给我洗干净！"

"洗？"麦冬瞪大了眼睛，使劲吞了吞口水。

"对！手洗！"睿阳将手中的碗重重地放在桌上。

回想起昨天晚上那一幕，他越想越生气，就在两人呼吸越来越近，几乎融合的时候，麦冬的一句"我想吐"彻底让他崩溃了。

睿阳白眼几乎翻到天上，心想怎么又来?!

上次就是这样，每次她都在把他迷惑得神魂颠倒的时候，自己却吐了！

睿阳甚至开始怀疑自己是遭人嫌弃吗？以至于麦冬一靠近他就想吐。

麦冬看着睿阳莫名来的大火，瘪了瘪嘴，没敢再反驳。

早饭后，麦冬一边没好气地洗衣服，一边嘟囔着："一件衣服而已，至于发那么大的火吗？还真是喜怒无常！"

睿阳坐在沙发上跷着二郎腿看电视，耳朵却听着麦冬在洗手间传来的碎碎念，不禁勾起了嘴角。

星橙娱乐艺人部。

睿阳坐在办公室，明峰敲门进来。

"Sunny 哥，这是今年'冬季'全部行程的具体计划方案，您看一下。"

"放下吧。"睿阳心不在焉地说。

"好的。"明峰转身刚要走，却被睿阳叫住。

"阿峰，你过来。"

明峰转回身向前走了两步。

"再过来一点。"睿阳招招手。

明峰有些疑惑地又向前走了两步。

睿阳蹙眉，起身。绕过桌子站在明峰面前，突然探身靠近明峰的脸。

明峰猛地向后闪身。

"你别动！"睿阳怒斥道。

"Sunny 哥，我……"明峰欲言又止。

或许是迫于睿阳身份的压力，明峰带着一脸生不如死的表情紧紧地将五官皱在一起："Sunny 哥，您到底要干吗？"

睿阳再次将脸靠近明峰，淡淡开口："什么感觉？"

明峰惊恐得瞪大眼睛，带着吃了黄连般的表情摇着头。

“说话!”

“Sunny 哥?”

“你有想吐的感觉吗?”

“啊? 我……该不该有呢?”

睿阳撤回身子，皱着眉瞪了明峰一眼。

“行了，你出去吧。”

明峰立刻像是得救了一样，跑向门口，打开门回头对睿阳说了一句:“Sunny 哥，我是直男。”

睿阳怒视着他:“滚!”

“董事长，您让我查的事有眉目了，我打听到当年姚夫人离开美国就回到了海城，再也没出去过。”

“这么说，她现在应该还在海城?”

“海城地方不大，要打听一个人应该也不难，我这就去办。”

“等等! 找到她不要声张，回来悄悄告诉我，不能让任何人知道。”

“明白!”

明峰拉开董事长书房的门，贴在门上偷听的常慧晨一个站不稳，整个身子跌进来。

明峰一把扶住常慧晨，她才勉强站稳。

“慧晨? 你怎么在这呢?”

“明峰哥，你们在说什么啊?”

明峰转身看向坐在书桌旁的常远星，会意地点点头继而走出书房，将房门从外面关上。

常远星招招手:“晨晨，来。”

常慧晨走到常远星身边:“爸，你们神秘兮兮的干吗呢?”

“没干吗，爸爸在找一个老朋友。”

“你是不是还在找那个女人？”常慧晨带着理直气壮的愤怒。

常远星皱了皱眉，口气严厉地说：“大人的事小孩别管！”

常慧晨气鼓鼓地说：“你为了她把我妈都抛弃了！”

常远星一拍桌子：“你胡说什么，你妈是自愿跟我离婚的。”

常慧晨也不甘示弱：“那也是那个野女人逼的！”

常远星怒气冲天地瞪着眼睛，破口大骂：“你给我滚出去！”

“滚就滚！”常慧晨哭着跑出去，重重地关上了书房的门。

“茜茜，我上次跟你说的事情，你考虑得怎么样了？”

“事成之后，我答应你的事情自然会做到。”

“那咱们可说好了，你能不能坐上主播的位子，全看你的本事了。”

常慧晨挂断电话，一抹与这张梨花带雨的小脸格格不入的诡异的笑浮现在嘴角，握着电话的手紧得骨节都微微发白。

“你不让我好过，我也不会让你好过！”

常慧晨再次拨通手中的电话：“好久不见，有时间聊聊吗？”

……

第二十六章　寒冬的焰火（6）

“冬季”新电影的发布会在正月底举行，由于这是“冬季”的电影首秀，又有当下最炙手可热的艺人唐洛洛与程潞轩的加盟，备受各界媒体关注，发布会场面空前盛大。

发布会现场，睿阳在进行着最后的层层落实。

“Sunny 哥，原定的主持人临时出了点状况，公司换了个新的主持人。”

“让她照稿子念就行，你去告诉她按流程走，别给自己加戏。”

睿阳一边跟现场人员确认流程，一边淡淡地说。

“好的！”助理接到命令就离开了。

发布会现场安排个新人主持这是常有的事，毕竟电影宣传发布会不是什么特别重大的晚会，有点关系的新人想蹭个热度露个脸已经是行业里大家心照不宣的事情，所以睿阳并没有过多在意，只当是主办方借机安排的罢了。

下午三点整，主持人宣布发布会正式开始，麦冬携一干主创人员上台，走在最前面的麦冬在看到主持人的时候，微微一怔，仅一瞬间便隐去了脸上的波澜，点头微笑向台下众媒体示意。

跟在麦冬身后的唐洛洛优雅地走上来，在看清主持人面孔的时候定了格，麦冬不着痕迹地伸出手拉过唐洛洛的手，在众人眼里宛如姐妹花一般，走到舞台中央。

“保持淡定，随机应变吧。”站定后麦冬低声在唐洛洛耳边说。

唐洛洛虽然皱了皱眉，但一年多的摸爬滚打，也让她适应了娱乐圈的生存法则，在公开场合下，即便是平时毛毛躁躁的她也懂得几分控制，深吸一口气，唐洛洛让自己平静下来，不过是恰巧同台而已，没什么大不了的。

主持人裴茜带着甜度超高的声音介绍了主创人员，这期间的麦冬和唐洛洛表现得十分专业，丝毫不漏破绽。

接下来的采访环节，裴茜拿着手稿，看起来非常专业地问了麦冬几个台本上的问题，麦冬都一一微笑作答。

面对唐洛洛时，裴茜的笑容似乎带着让人看不透的深意，用甜腻的声音开口道：“说起来我跟唐洛洛小姐还是校友呢，在学校的时候你就是个万人迷，现在真是更加妩媚动人了，怪不得有人为了追你甘愿去死呢。”

“轰”的一声，唐洛洛觉得仿佛什么东西崩塌了一般，时间被强硬地拉回到一年前，张幻迪的呼喊声，人群的鼎沸声，救护车的鸣笛声……

唐洛洛紧握着拳头，双肩开始止不住地颤抖……

“这是台本上的词吗？”睿阳质疑身后的助理。

助理赶紧摇摇头：“这……这不是吧。”

“我说让她别给自己加戏，你是聋了吗！”睿阳怒视着无辜的小助理。

助理手足无措地站在一旁，疯狂道歉：“对不起，对不起。”

“我以后不想再看到她。”

“我知道了 Sunny 哥。”助理抹了一把额头的汗水，对着睿阳远去的背影长舒一口气。

裴茜在人潮开始涌动之前，笑嘻嘻地说："当然，我是开玩笑的啦，提醒大家追星要理智哦。"

台下人群发出笑声。

媒体或许会把这句话当个调侃现场气氛的冷笑话一笑而过，但对于唐洛洛来说，无疑等于将结痂的伤口硬生生地撕扯开来。

"那么接下来就有请唐洛洛小姐为我们介绍一下，在这部电影中饰演的是一个怎样的角色呢？"

"唐洛洛？洛洛？"

唐洛洛呆呆地看着眼前的地面，裴茜一连喊了好几声都没有反应。

裴茜唇角划过不易察觉的笑意，眼看目的达到了，裴茜便更大声地喊着唐洛洛的名字。

麦冬在唐洛洛耳边轻咳一声："洛，你现在被打倒就再也起不来了。"

唐洛洛如梦初醒地回过神，看着台下媒体疑惑的眼神一阵惊慌。

程澔轩从容地拉起唐洛洛的一只手，放在自己胸前，语气轻松地开口："我们所饰演的角色就是这种状态，一个经常灵魂出窍的女孩，和一个一直守护在她身边的男孩的故事。"

唐洛洛感激地看向程澔轩，程澔轩捏了捏唐洛洛的手，算是回应她。

台下媒体一阵赞叹。

"原来刚才是在演戏啊！"

"唐洛洛虽然是个新人，可这演技却不容小觑啊！"

"是啊，是啊，很专业了。"

……

"主持人是怎么回事？"发布会后台的化妆间里，麦冬刚进来就开口问道。

“是主办方临时更换的。”小助理在一旁轻声说。

“你知不知道她是……”麦冬看着一脸不在意的睿阳有些恼火。

“我不管她是谁，在台上你们就必须保持专业精神。”睿阳淡淡抬头看了一脸怒意的麦冬一眼。

“还不够专业吗？”麦冬火药味十足地呛了一声。

“唐洛洛那个表现也叫专业？要不是澔轩解围，今天恐怕都收不了场了吧。”睿阳继续不咸不淡地说着。

“对不起！”唐洛洛面对睿阳的质疑低头认错。

麦冬一把拉起唐洛洛：“你道什么歉，这又不是你的错。裴茜就是故意的，你看不出来吗？”

睿阳站起身，对着麦冬正色道：“面对刻意的刁难能表现得天衣无缝，那才叫专业！”

程澔轩赶在麦冬爆发之前，从麦冬手里一把拉过唐洛洛的手，露出一排好看的白牙，打着哈哈说：“晚上首映礼不能迟到了，我跟洛洛一车走，你们俩一车走吧。”

“我才不跟他坐一辆车！”麦冬气鼓鼓地瞥了一眼云淡风轻的睿阳。

睿阳满不在乎地撇撇嘴：“那也没办法，我是你的经纪人，你不跟我走我也得跟你走。”

“我要申请换经纪人！”麦冬不满地转个身。

“好啊，回公司再申请。”睿阳不由分说地拉过麦冬的胳膊，一路拖上了车。

看着二人远去的背影，唐洛洛不由得笑了一声。

程澔轩脸上笑容更加灿烂：“你终于笑了。”

唐洛洛轻声说道：“谢谢你帮我解围啊。”

“就算是扯平了吧。”

“什么？”唐洛洛没反应过来。

“小时候啊，你不是也帮过我吗？我会守护你的！”

唐洛洛笑意加深，这个小麦色皮肤的大男孩像是从天而降般出现在她身边，无形中为她的生命增加了一道光亮。

第二十七章　寒冬的焰火（7）

搅动时间的泡沫

用昨日的雨来冲刷今日的尘

用昨夜的茶来浇灌今夜的心

用昨天的情来埋葬今天的我

……

“晓雪，帮帮我！”刚走出直播间的陆晓雪接到了一个陌生号码的来电，但这声音却是她再熟悉不过的。

沉默三秒，陆晓雪冷冷开口：“你找我做什么？”

“晓雪，只有你能帮我了，好歹大家也是相识一场，你不会眼睁睁看我死吧？”

“你到底想说什么？”陆晓雪的语气透出不耐烦。

“我们当面说，你在哪？我去找你！”

半个小时后，陆晓雪在街角见到了那个曾经让她心动的男孩——邱天。

现在的邱天和大学时期的他相差无几，只是更加清瘦，眼睛警惕地看着四周。

“有话快说！”陆晓雪从他脸上移开视线。

邱天一把抓住陆晓雪的手：“你帮帮我，我欠了高利贷一笔钱，他们现在正在到处找我，要是还不上我会死的。”

陆晓雪愤愤地抽回手：“你不是有个富二代的女朋友吗？找我做什么！”

邱天胡乱抓了一把凌乱的头发：“都是因为她，我才学会了赌钱，我把身家性命都赔进去了，她也另结新欢了。”

陆晓雪蹙眉看了一眼邱天微红的眼圈，想着这个男人曾是多么的骄傲，如今却沦落至此，不由得叹了口气。

“你要多少？”

“20万元。”

“什么？我哪有那么多钱！”

“晓雪，你不是认识麦冬和唐洛洛吗？你跟她们不是好朋友吗？你跟她们借好不好？她们现在很红的，肯定有钱！”

陆晓雪嫌弃地甩开邱天的手。

“我是不会为了你跟她们借钱的，我这里有2万元，要的话就拿去吧，别再来找我了！”

“哼！”邱天突然冷笑起来，“你骗谁呢？你和当红的两个艺人那么熟，20万元对她们来说不过就是一个小数字，你却说你只有2万元，你当我是傻子吗？”

“你爱信不信！”陆晓雪转身就要走。

邱天一把拉住她的胳膊，不依不饶：“陆晓雪，你到底是不肯帮我还是你早就被她们抛弃了？她们俩天天姐妹情深，却让你一个人风餐露宿，不管不问？”

邱天的话字字句句击打着陆晓雪骄傲的自尊心，她从来都不允许自尊被人践踏，即便在食不果腹的日子里，她也没向麦冬和唐洛洛发出过任何求助，此刻邱天的话仿佛打开了她内心的另一个世界，那个世界是冰冷的、黑暗的、充满邪恶气息的。

两面性是人性的一大特点，谁都逃不过，一面晶莹剔透，带着天使的善良光环，另一面却是肮脏丑陋，带着人性中最让人鄙夷的嫉妒与怨恨。两个极端在人心中不断地竞争，如果善良赢了，那就是春满人间，如果怨恨赢了，那便是世界末日，但偏偏人类学会了一个技能叫平衡，使得善与恶共存于人心，这才有了人心难测、善恶难辨的世界。

“你放手！”陆晓雪哭喊着想挣脱邱天的控制，无奈邱天的手却像铁箍一样紧紧扣住她的手腕，将那些藏在陆晓雪内心深处的，被她刻意忽略的话语一字一句抛进她的耳中，灌进她的大脑。

“这就是所谓的姐妹啊？她们只顾自己逍遥快活，谁问过你的死活？她们被捧在天上，谁低头看过渺小得连蚂蚁都不如的你啊？她们天天豪车接送，豪宅住着，你却要天天挤在充满汗臭味的公交车里，去那个破烂不堪的电台做午夜档的直播，这就是你所谓的好姐妹吗？我真替你不值！”

“不要再说了，我求求你，不要再说了！”陆晓雪捂着耳朵痛苦地蹲在地上哀求着。

“晓雪？”突如其来的声音犹如一道光，照进陆晓雪几乎绝望的世界里。

陆晓雪猛地抬起头，看到的是一脸惊讶的常慧晨。

常慧晨一把推开邱天，拉起蹲在地上的陆晓雪。

“发生什么事了？”

陆晓雪颤抖着身子哭个不停，常慧晨蹙眉，轻轻搂过她的肩膀。

“别害怕，我不会让别人欺负你的。”

常慧晨怒视着邱天，一脸鄙夷地开口："邱天学长，您是回心转意了吗？可这看起来不像是来乞求原谅的啊。"

"呵，我都差点忘了，你也是她所谓的姐妹之一吧。呵呵，陆晓雪，你看看你混的，谁会在意你啊？"

"你再胡说八道我就报警了。"常慧晨拿出电话，警惕地拉着陆晓雪向后退开几步。

邱天有恃无恐地不屑道："别假惺惺的了，你要真拿她当姐妹，你替她给我钱啊。"

"什么钱？"常慧晨转头问陆晓雪。

陆晓雪使劲摇着头："不要，晨晨，不要给他。"

"我就说吧，没人会帮你的，陆晓雪！"邱天冷笑着看着她。

"是不是给你钱你就不会再缠着她了？"常慧晨紧紧握住陆晓雪的手瞪着邱天问。

邱天流里流气地点点头："对，给了钱我就走，再也不来了。"

"多少？"

"20万元。"

常慧晨从LV的限量款包包里掏出一沓支票，龙飞凤舞地写上数字丢给邱天。

"拿着钱赶紧走！你再敢回来我一定报警抓你。"

邱天弯腰捡起地上的支票，冷哼一声转身走了。

"晓雪！你还好吗？"常慧晨转身安慰着哭成泪人的陆晓雪。

"晨晨，我……我不知道。"

"好了好了，什么都别说了，先回我家吧，等你平静下来再说好吗？"

常慧晨伸手拦了辆出租车，带着陆晓雪一起回了家。

"所以那个人到底是谁？"首映礼结束后睿阳开着车带麦冬回公寓。

“哪个人？”

“发布会上那个主持人啊。”

“你现在才来问？你没必要知道了。”麦冬没好气地将头转向窗外。

睿阳觉得好笑，看了她一眼：“你们还有很多机会碰面，我本来想把她调离你们的通告范围，看来不需要啊。”

麦冬听到这话快速转过头，一脸感激：“需要！”

睿阳只顾开车，不搭理麦冬。

半晌，麦冬讪讪开口：“好吧，告诉你就是啦。”

麦冬将张幻迪车祸当晚的来龙去脉告诉了睿阳。

“唐洛洛也该走出来了。”听完故事的睿阳一脸平静。

“可是这种恶意揭别人伤疤的人还是太过分了吧！”

“越是害怕被触碰，就越痛苦。”

麦冬转头看向窗外飞速而过的霓虹灯，仅仅一年的时间，这世界仿佛没太大改变，却又让人恍然陌生，不管是唐洛洛还是陆晓雪，甚至是倒映在车窗上的自己的脸，都带着一丝陌生的气息渐渐逼近……

第二十八章　寒冬的焰火（8）

常家大宅里，常远星坐在沙发上看着报纸上的娱乐版块，“冬季”的电影占据了三分之二的篇幅，他满意地点头。

睿阳走进客厅，微微弯腰：“董事长。”

“来啦，新电影做得很成功，祝贺你。”常远星抬起头，像看一件满意的作品一般看着睿阳，止不住地夸赞。

睿阳表情不见任何波澜：“谢谢董事长。”

“在家里就不要那么拘谨了，去洗手吃饭吧。”

睿阳点头转身。

“哥！”常慧晨从楼梯上跑下来，一把挽住睿阳的胳膊，很亲密似的撒着娇。

睿阳微微蹙眉，不动声色地抽回手臂，抬眼才看清常慧晨身后站着的人。

“陆晓雪？”

“睿阳，好久不见。”陆晓雪从容地笑着打招呼。

“你怎么在这？”

“她是我朋友啊，当然是我邀请她来的。”常慧晨再次挽上睿阳的胳膊。

睿阳淡淡扫了常慧晨一眼，推开她的胳膊径自走向洗手间。

晚饭过后，睿阳走出别墅准备驾车离去，陆晓雪追了出来。

“睿阳！”

睿阳转身，站在车前看着陆晓雪。

“睿阳，真想不到你就是晨晨的哥哥啊。”

“我也没想到，会在这里见到你。”睿阳声音中找不到一丝温度。

“冬冬知道吗？”

睿阳皱眉，冷峻的脸上更添一分寒意。

“这不是什么重要的事，知不知道都无所谓。”

“如果，这里面还藏着其他秘密呢？”

准备转身的睿阳定住身子。

陆晓雪露出与往昔无异的甜美笑容，微微踮起脚尖在睿阳耳边说了些什么。

睿阳神色从冰变成寒，最后铁青的脸色像是能将空气凝结般骇人。

陆晓雪看着睿阳冰寒的脸庞，笑意越发甜腻：“这个消息千真万确，我保证！”

睿阳的声音划破幽蓝的夜色，带起一道冰霜：“如果我是你，选择闭嘴是最好的方式！”

睿阳说完转身坐进车里，一脚油门，扬长而去。

陆晓雪站在原地，眼中看不清的迷雾流转。

常家大宅的二楼阳台上，常慧晨看着楼下发生的一切，眼眸中闪过狡黠的光。

星橙集团办公室。

睿阳将手中的文件夹交给助理。

“去把这件事情给我调查清楚，记住，一个字都不能透露出去！”

助理谨慎点头，抱紧手中的文件夹转身出了门。

睿阳蹙眉，反复思索着陆晓雪的话。

“Sunny 哥，不好了。”明峰急匆匆地推门进来，将手上的一份还未发出的报道放到睿阳桌上。

醒目的黑色大标题“当红作家‘冬季’身份存疑，或是私生女！”

“这是一个媒体的朋友帮我拦截下来的，但如果是有人恶意爆料的话，相信不止这一家媒体知道，说不定很快网络上就会传开了。”明峰焦虑地说。

睿阳握紧拳头，全身散发着幽寒的气息。

“Sunny 哥，您说话啊，怎么办？”

“发动你所有的关系网，阻截媒体消息。”睿阳起身拿起椅背上的外套，一边穿一边往门口走去，“另外，准备危机公关。”

睿阳推门走出办公室，在助理工作台前站定。

“联系唐洛洛团队和程澔轩团队，去瑞士拍 MV 的行程提前，马上出发！”

小助理接到命令立刻摸起手机执行。

睿阳一路直奔停车场，30 分钟后出现在麦冬公寓门口。

敲门声打断了麦冬的思路，她起身走向门口。

“哪位？”

“冬冬，是我。”

麦冬打开门，陆晓雪带着温暖的笑容站在门口。

麦冬唇角勾起好看的弧度，拉着陆晓雪的手走进客厅。

“你怎么来了？我们好长时间没见面了，我都想你了呢。”

“我也想你了，所以来看看你啊，大忙人。”

“喊，我也没那么忙啦，就是出门不太方便罢了。”

麦冬拿起刚烧开的水，倒了杯红茶放到陆晓雪面前。

陆晓雪露出欣喜的笑容。

“你的新电影我看了，拍得好棒啊。”

“你还说呢，首映礼那天给你打电话都没人接，忙着跟谁约会去了？”麦冬给自己也倒了杯红茶后坐在陆晓雪身边。

“才没有！我晚上要进直播间，当然不能接电话啦。”

麦冬撇撇嘴：“说真的，我的个人工作室正在筹备，你来跟我一起吧，你这么好的条件，不走到台前来真是暴殄天物啊。”

陆晓雪微垂眼帘，唇角笑意不减：“我才不要当你的跟班呢，我挺喜欢直播间的，有种上学时候的感觉。”

麦冬瞥她一眼：“什么跟班啊，你是我的天使。”

陆晓雪笑容更加绽开，麦冬正色道：“不过，你要是真的喜欢，那我也不勉强你，等你什么时候不想干了，就来找我，知道吗？”

陆晓雪笑着点点头。

“冬，我前两天见到晨晨了，她再过几天就要去维也纳了，走之前想约咱们见个面，毕竟咱们四个是室友嘛。”

“我没问题啊，等唐小花有时间咱们聚一聚呗。”

“那好啊，那就……”

砰砰砰砰……

一阵急促的敲门声打断了二人的谈话，麦冬蹙眉起身。

“哪位？”

“开门！”睿阳的声音干脆利落地在门外响起。

麦冬伸手打开房门。

“收拾东西去瑞士拍 MV。”睿阳抬步走进玄关。

“现在？干吗这么着急？不是说下个月拍吗？”

睿阳径自走进客厅，看到坐在沙发上悠然喝着红茶的陆晓雪，眉头一紧，接着转身对麦冬说：“行程调整了，团队都在机场等着我们呢，快去吧！”

麦冬茫茫然地撇撇嘴："哦！"

看着麦冬进入卧室，睿阳走到沙发旁，面色阴冷。

"这么做对你没有任何好处！"

陆晓雪有些不知所云地睁了睁眼睛："我不知道你在说什么。"

"你最好不知道，否则我不会放过你！"

陆晓雪有些气愤地冷笑："呵！你现在是在威胁我吗？"

"洛洛也去瑞士吗？"麦冬拿着手机，看着唐洛洛发来的信息，兴冲冲地跑出来，又在看到二人微妙的气氛时一怔。

睿阳转身间，脸上的冰寒尽数褪去，语气中带着和陆晓雪的对话里完全没有的温和。

"对，两组同时出发，节省开支。"

麦冬眨眨眼，看到睿阳的表情并无异常，轻松地说着："能带晓雪一块去吗？反正也不差她一个人，我们仨就当度个小假好吗？"

陆晓雪有些意外地抬起头。

睿阳沉声："不行！拍摄日程很紧张，没时间给你玩，收拾好了吗？该出发了！"

陆晓雪唇边闪过不易察觉的苦笑，开口对失落的麦冬说："我也没有时间啊，电台那边很忙的，不过你们回来时要记得告诉我哦。"

麦冬点头："那好吧，知道啦！"

第二十九章　寒冬的焰火（9）

二月的瑞士依然是一片银装素裹的世界，被大雪覆盖的阿尔卑斯山脉像个巨大的棉花糖，憨态可掬地耸立在天际。

“这里好美啊！我们预计要待多久？”麦冬看着车窗外的雪景问。

“随你！”睿阳心不在焉地回答。

“什么？”麦冬以为自己听错了，转头看着睿阳想确认答案。

睿阳这才反应过来，不动声色地改口道：“我是说，看拍摄进度再定。”

麦冬不在意地点点头，视线继续沉浸在窗外白雪皑皑的世界里。

一连三天，他们游览了琉森湖，欣赏了卢塞恩街道，走过了卡贝尔桥，逛遍了因特拉肯小镇的每条街，闲暇的午后还能坐在街边喝杯咖啡，看着人行道上三三两两的小镇居民，没有华丽的浓妆艳抹，只有牛仔裤和宽松款保暖棉服的自由自在，四车道的马路车辆也是三三两两的，开得不快不慢，长街左右的岔路口虽然没有红绿灯，但行人与车辆都能和谐通过，马路对面是一大片绿油油的草坪，一转身就可以坐在树荫下的长椅上观看远处的房屋和雪山，那里有 14 世纪的教堂、一百多年的老旅馆和奔跑戏耍的孩子们。

这样一条幽静的长街，听不到都市的喇叭声、喧闹声，入耳的都是大自然的声音。

麦冬抬起头面对着阳光，伸出手挡住眼睛，只觉金灿灿的光丝透过指缝洒在脸上暖洋洋的，唇角带笑，轻轻吐出一句感慨："久违了，这样自由自在的日子。"

睿阳手指轻抚过咖啡杯的边缘，视线却停留在麦冬被阳光笼罩的侧脸上。

与麦冬画风完全不同的是唐洛洛。

从坐在这里开始，唐洛洛的脑袋就没停止过转动，嘴里乐此不疲地点评着来来往往的金发碧眼的少年们。

"哇，他眼睛真的好美啊。"

"天哪，他身高有两米吗？"

"啧啧啧！人长得不错，品味不怎么样嘛。"

络绎不绝的评论从唐洛洛嘴里发出……

程濰轩在一旁托着脑袋看着她，嘴角带着宠溺的笑。

麦冬突然转过头，正色问道："我们到底什么时候开始拍摄？"

唐洛洛急忙打断道："哎呀，着什么急啊，拍完就要回去啦，我还没玩够呢。"

"可这都三天了，你们不觉得怪怪的吗？"麦冬视线从三个人脸上扫过一圈，最后定格在睿阳脸上，眸光带着询问。

"拍摄场地还没谈妥。"睿阳移开视线，摸了摸鼻子。

麦冬蹙眉，怀疑的神色伸出手，跟睿阳要三天前被他以工作为由没收的手机："手机还我！"

"没带！"

"你的手机给我！"

"我的也没带！"

"不可能，刚才你还用手机付钱了。"

睿阳顿时一脸尴尬，清咳两声，沉默着不开口。

“你们到底有什么事情瞒着我？”麦冬把矛头对准憋不住话的唐洛洛。

“那个……我突然好想上厕所啊。”唐洛洛站起身就要跑。

“坐下！”麦冬低喝一声，唐洛洛蔫蔫地又坐回到座位上。

唐洛洛逃避着麦冬杀气腾腾的目光，抬眼看了看睿阳，又看了看程澔轩，然后快疯了似的挠了挠自己的脑袋，声音小得跟蚊子哼哼似的跟睿阳说：“要不，告诉她吧？”

睿阳瞪大眼睛：“唐洛洛！”

唐洛洛一脸快哭了的表情：“我憋不住啊。”

睿阳无奈地叹口气，恨铁不成钢地摇着头。

“哎呀，其实也没什么大不了嘛，我来说吧。”程澔轩看着左右为难的唐洛洛，笑着把麦冬的视线引到自己身上。

“这一趟也算是出来避避风头吧，有人恶意抹黑你，睿阳只是不想让你看到那些负面新闻罢了。”

“内容是什么？”

“大致说你的出身什么的啦。”程澔轩说完看了一眼低着头的睿阳。

“这个圈子就这样，就是有人见不得别人好，还总是有些跟风的会落井下石，说你是私生女什么的，简直就是满嘴胡扯！你别因为他们生气啊。”唐洛洛担心地看着一言不发的麦冬。

“私生女！”麦冬在心里重复着。

这三个字从小到大从来就没真正脱离过她的生活。

俗话说会哭的孩子有糖吃，幼儿园时期的麦冬，在听到第一声嘲笑的时候，选择的不是躲起来哭泣，而是用武力来捍卫自己的尊严。

或许从那一刻开始，她的人生就注定了冰冷的主基调，那些温暖的安慰从来都不属于她，即便她从来都是受害者。

她开始学着将自己包裹在冰冷的外壳里，也不过是让那些等着看她笑话的人不敢肆无忌惮地讥讽她，可出身这个东西却是无法改变的事实，就连她自己有时候都只能对这三个字认命。

“消息是从哪里传出来的？”麦冬转头问睿阳。

“还在查，网络传播速度太快，想追查到源头还需要时间。”睿阳恢复了冷静的姿态。

“有结果一定要告诉我，或许能靠近真相也说不定。”麦冬目光中带着恳求。

睿阳蹙眉，轻轻点头。

麦冬再次转头看向唐洛洛和程澔轩。

“就这点事啊？你们至于吗？”

唐洛洛和程澔轩对视一眼。

“你不生气啊？”

“看不惯我的人多了，我要生气早就气死了。”麦冬靠在椅背上，用轻松的语气开口。

唐洛洛顿时松了一口气，纤细的手指轻轻拍了拍胸口。

“不过这种时候你不在国内真的可以吗？”麦冬再次询问睿阳。

“这种程度的危机公关，明峰他们可以搞得定。”睿阳唇角微勾，在阳光的照射下散发出明媚的光芒。

在回酒店的路上，麦冬突然拉住睿阳，悄悄地问：“还有一件事情我没搞清楚。”

“什么？”睿阳停下脚步。

麦冬看了一眼并肩朝前走着的唐洛洛和程澔轩：“这件事情跟他俩有什么关系？为什么让他们也提前行程来瑞士？”

睿阳凑近麦冬耳边，闻到麦冬身上淡淡的花香气息，唇角斜斜扬起：“其实，我有一个计划。”

麦冬看着突然变得神秘兮兮的睿阳，只觉得有些好笑：“什么计划？”

睿阳笑意散开，冲着麦冬扬扬眉毛：“秘密！”

说完转身就走了，剩下麦冬在原地咬牙切齿地怒视着他的背影。

第三十章　寒冬的焰火（10）

“今天开始正式进入拍摄日程，唐洛洛、澔轩，你们两组团队跟着大力走，去山里拍夜景，麦冬这边我来负责，我们去拍些风景做MV。”睿阳将队伍兵分两路后便各自行动了。

唐洛洛和程澔轩的队伍庞大，有化妆造型，有道具场务，有灯光摄影，还有导演、策划、监制等一大波工作人员，因为要拍夜景，需要在山里搭帐篷过夜，所以随行的还有负责安全和户外的专业人员。

相比起来，麦冬这边的队伍就简单得多，虽说是拍风景，但构图中偶尔也会带入麦冬的身影，化妆造型是必不可少的，另外加上摄影师和助理，一共才五六个人。

简单收拾过后，麦冬的队伍先行离开了酒店。

车子一路朝着山顶开去，路上遇到些特别有感觉的景色，摄影师就会让司机停车，在那里拍上几张再继续前行，走走停停到山顶时天色已经黑透了。

“郝老师，这还能拍吗？”麦冬叫住摄影师。

“等天亮吧，拍日出。”脾气古怪的摄影老师说完就钻进车里。

麦冬无奈地看了看睿阳，黑夜里他的眼睛闪着幽暗的光芒。

“看我干吗，他想拍的东西，谁能拦得住？”

“任性的郝老师啊，我们没带帐篷啊。”麦冬仰天长叹。

唐洛洛一组出发得比较晚，一路直奔山里，进山的时候天色开始近黄昏，选定拍摄场景，将所有机器布置好，天色刚好朦胧起来，拍摄计划顺利进行。

“洛洛，我觉得你这时还应该再悲伤一点，最好能哭出来。”导演跟唐洛洛在监视器前沟通。

唐洛洛点头：“那我去酝酿下情绪，一会儿再试试吧。”

“好，接下来先拍澔轩的镜头！”

唐洛洛一个人跑去拍摄范围最后方的一个帐篷里，把自己隔离起来酝酿情绪。

山林的晚上，天气变化多端，前一秒还平静的树林里突然狂风大作，摄制组忙着保护机器，各种道具被吹得满天飞。

“先别管那些了，快把器材搬到车上！”副导演抱着摄影机大喊。

二十多个人七手八脚地开始收东西。

“呼”的一声，一个帐篷被连根拔起，在狂风中翻滚。

“洛洛！”刚坐到车里的程澔轩推开车门狂奔向最远处的一个晃晃悠悠的帐篷。

唐洛洛看了一眼抖动的帐篷内壁，自言自语地嘟囔了声：“起风了？”话音未落，只觉整个帐篷朝她压下来，接着被帐篷牢牢缠住身体快速向某处滚去，还没来得及发出惊呼，只听耳边“轰”的一声，身体与某样东西猛烈撞击后，唐洛洛还未觉得疼痛便失去了知觉。

“澔轩！危险……”助理对着跑去追帐篷的程澔轩大喊。

麦冬在第N次被郝摄影师的鼾声惊醒后，绝望地深深呼了口气，悄悄推开车门下了车。

抬头看着离自己仿佛只有咫尺的星空，麦冬抬起手指轻轻点了点。

“你要摘星星吗？”睿阳的声音在麦冬身后响起。

麦冬似乎被吓了一跳，急忙回过头。

“你怎么也出来了？”

“车里跟交响乐演奏现场似的，你能睡得着啊？”

麦冬听着这贴切的比喻不禁笑出声：“就是因为睡不着，才下来看星星啊，想不到山顶的星星这么好看，好像伸手就能摘到似的。”

睿阳随着麦冬的手指抬起头，看向漫天繁星。

“你像这一颗！”睿阳伸出修长的手指，指着头顶一颗单独的、明亮的星星。

“为什么？”麦冬不解地问。

“因为，这颗星星最独立。”

麦冬放下手，转头看向睿阳。

睿阳也放下手，看着麦冬幽深的双眸。

“最近的负面新闻对你还是有影响的吧？”

麦冬移开视线：“我不是说了嘛，要是跟这种新闻生气，我早就被气死了。”

“你不用狡辩，我看得出来。”

“看出来什么？”

“你很在意，你很在意自己的身世，所以才格外拼命，想用努力掩盖住你不能改变的事实。”

“你什么时候也这么八卦了？”麦冬重新抬起头看向天空，伸出手指着一堆凑在一起的星星说，“你就是那其中的一颗，凑在一起聊八卦的那种。”

睿阳却抓住麦冬的手指，向那颗独立的星星一旁移去。

“我是这一颗。”

麦冬感受着手指传来的温度，轻声开口：“为什么？”

睿阳微微低头，凑近麦冬耳边："因为，这颗离你最近。"

麦冬只觉得自己的心跳瞬间漏掉一拍，紧接着是心脏狂跳的声音，那"砰砰"的声音好像比车里的呼噜声还要吵。

她快速抽回手臂，后撤一步，带着慌乱的口吻说："嗯……太冷了，我回去了。"

睿阳身影一动，挡住麦冬想要逃跑的路，双手扶住麦冬的肩膀，低头靠近。

"你今天没喝酒吧？"

"啊？"麦冬在慌乱中抬起头。

睿阳慢慢靠近，鼻间传来麦冬身上淡淡的花香味："今天，不会吐了吧？"

麦冬眼睛睁得大大的，闻着从睿阳身上传来的山檀木的香味，眼眸中是掩饰不住的失措和惊慌。

睿阳似乎很享受这样的眼神，唇角勾起鬼魅的弧度，继续向麦冬的双唇靠近。

麦冬在睿阳的鼻尖触碰到自己鼻尖的那一刻，紧紧闭上了眼睛。

"啊……在车里睡得好舒服啊！"郝摄影师从车上下来，伸展胳膊打了个哈欠。

抬眼看见不远处的睿阳和麦冬，打着哈欠的嘴巴忘记合上，全身动作像按了暂停键一样定格。

三秒！首先反应过来的麦冬猛地睁开眼睛，一把推开睿阳，头也不回地跑进车里。

郝摄影师慢慢合上嘴巴，舰着脸对睿阳挥了挥手："啊哈哈，这么巧啊！"

睿阳冰冷的眼神带着来自地狱的寒意，冷哼一声："哼，是啊，这么巧！"大步走向车里。

郝摄影师一个人站在破晓的冷风里，脸上带着尴尬的、比哭还难看的笑，再次定格……

“程澔轩和唐洛洛失踪了！”睿阳接完电话，脸色铁青地跟麦冬说。

“什么？”

“他们拍摄时遇到了大风，唐洛洛所在的帐篷被风吹跑了，澔轩去追她，也找不到了。”

“我们去他们拍摄的地方！”

睿阳点点头，转头对车外还在拍摄的摄影师喊：“郝老师，上车！走了！”

“啊？不，不拍啦？”郝摄影师一边跑上车一边说着。

睿阳没理他，转身跟麦冬说：“别着急，已经联系当地警方了。”

麦冬紧紧握住自己的双手，脸色微白地点点头。

不知所以的郝摄影师讪讪地挠了挠头，乖乖闭了嘴。

第三十一章　暖春的朝露（1）

雪花是冬天的印证
青草是春天的契约
烈焰是夏日的人格
硕果是秋日的馈赠

你是梦想的信徒
我是信徒的使者
……

山里拍摄场地的方圆十几里都部署了当地警察和搜救犬，摄制组的工作人员也在到处喊着他们的名字。

“Sunny 哥，我们已经找了一晚上了。”拍摄组的负责人大力痛苦地说。

放眼望去，这一片树林到处都积满了厚厚的雪，树木并不密集，想必起风的时候，地上的雪被吹得漫天飞舞，根本无法看清远处，更何况是夜晚。

“往哪个方向去了？”麦冬拉住大力的衣袖问。

“那边！”大力伸手指了指。

麦冬立刻向那个方向跑去，睿阳动身跟了上去，回头跟大力喊道：“有任何情况第一时间通知我！”

麦冬在没到小腿的雪地里拼尽全力地奔跑，好像自己只要努力奔跑就一定能找到唐洛洛一般，她全然不顾被树枝划破的衣袖和被冰凌擦伤的脸颊，大口的白气从嘴边呼出，她无休止地拼命地向前跑去……

“别跑了！你都慌了谁去救她！”睿阳在麦冬身后拉住她。

麦冬一把甩开，脚下一个不稳，跌进厚厚的雪地里，她奋力撑起自己疲惫的身体，再次向前奔跑而去。

睿阳紧跟其后，伸直胳膊，总算拉到麦冬的衣服，稍稍一用力，将麦冬瘦弱的身躯整个拉到他怀里。

麦冬挣扎着想要挣脱他的怀抱，睿阳紧紧地抱住她，不给她任何逃脱的机会。

“冷静下来！听我说！你这样毫无目的地跑没有任何用！先让自己冷静下来，我们会找到他们的，一定会的！”

麦冬渐渐停止了挣扎，瘫倒在睿阳怀里大声地哭，眼泪流过带着伤痕的脸颊，滴落在睿阳宽阔的肩膀上。

睿阳的肩膀总是有着让麦冬能卸下伪装的能力。

随着帐篷跑去的程澔轩拼命地追，跟着帐篷滚过的痕迹，一路追过去，一不小心脚下一滑，直直向山下滚去……

撞到一棵大树才勉强停下来的程澔轩，强忍着剧痛，挣扎着想站起来，才发现自己的左腿完全用不上力气，情急之下，他抱着自己的左腿一寸一寸向远处的黄点移去，因为那个黄点正是包裹着唐洛洛的黄色帐篷。

“洛洛！”程澔轩一边撕扯帐篷一边大声喊着唐洛洛的名字。

“快醒醒！”

程澔轩从帐篷中解救出被裹成粽子的唐洛洛，见她头发乱七八糟地缠绕在脸上，鲜红的血顺着额头流淌过细长的脖颈，双眼痛苦地紧紧闭着，睫毛快速地上下颤抖着。

程澔轩将她附在脸上的秀发拨开，露出唐洛洛眉头紧皱的小脸。

“洛洛，你还好吗？唐洛洛，你快回答我！”

“你觉得，我……我像是还好吗？”唐洛洛痛苦地睁开眼睛，从干哑的喉咙里挤出几个字。

程澔轩瞬间带上惊喜的神色：“洛洛，你醒过来了？你没事了？”

唐洛洛撑着带血的眼皮向周围看了一圈：“这是哪？”

程澔轩声音微弱但依旧笑着点头：“你，你没事，就好……”

唐洛洛发现程澔轩的异常，强撑着疼痛的身子坐起来：“傻小胖，你怎么了？哪里受伤了吗？”

程澔轩气若游丝地呢喃：“我，我会守护你的。”

唐洛洛从身上找出几乎支离破碎的手机，幸好手电筒还能使用，借着手机发出的光亮，她看到程澔轩小腿处被鲜血染红的裤管，不禁大惊，再看他的脸上、头上冒着汗珠，没有半点血色的脸上却还带着安心的笑。

“傻小胖？程澔轩！”唐洛洛摇晃着他的身子大喊。

这时的程澔轩却早已晕厥。

“你别吓我啊，程澔轩！

你……

怎么办？怎么办？

冷静！我要冷静！

可是……

你不会死吧？

啊！怎么办啊！

深呼吸！吸气……呼气……

冷静！冷静！唐洛洛，你要冷静！

可是……

啊啊啊啊！怎么冷静啊，我要怎么办！谁来救救我啊！”

唐洛洛疯了一般地自言自语后，摇摇晃晃地站起来，全然顾不得身体不知何处传来的疼痛，举着手电筒在周围扫来扫去。

不远处有一处木屋，看样子像是守林人暂住的地方。

唐洛洛向木屋跑去，敲了半天门无人应答，伸手轻轻推了一下门板，木门“吱”的一声打开了，唐洛洛探头探脑地朝屋内看了看，屋里有一张床、一张桌子、一个壁炉，除此之外，再无其他，但屋内温度却明显比外面高了不少，唐洛洛站在门口回头看了看倒在雪地里的程澔轩，握了握拳。

“算了！先借用一下吧。”

说罢，又快速跑向程澔轩，拉着他的胳膊，在雪地里奋力拖拽。

“啊！你怎么这么沉啊！”拖到一半，唐洛洛站直身子，烦躁地甩了甩贴在脸上的头发，愤怒地大喊。

回头看看小木屋，再低头看看躺在地上、小腿还渗着鲜血的程澔轩，唐洛洛像是下了重大决心一般，再次抓起程澔轩的胳膊，向小木屋奋力拖去……

把程澔轩扔到床上，唐洛洛脱下外套大口喘着气！

“啊！累死我了！咱俩这到底是谁救谁啊?!”

稍事休息，唐洛洛拿起桌边的火柴，将壁炉燃起，不出片刻，屋内变得暖和起来，唐洛洛挽起程澔轩左腿的裤脚才看到，在他小腿处有一条近二十公分的伤口触目惊心，干涸的血液在整条小腿蔓延。

唐洛洛从口袋里找出一包纸巾，一点一点帮程澔轩清理起伤口……

平静下来的麦冬顺着视线向山下看去，在一片灰褐色的树林中似乎有一小块很鲜艳的颜色在闪动。

“那是什么?”麦冬从睿阳的肩头离开，推开他的怀抱向山崖走去。

“小心点，这里很高。”睿阳拉住麦冬的胳膊，顺着她的视线看去。

“那是……难道是?”

麦冬双眸闪出亮光，和睿阳异口同声地说出：“帐篷!”

“跟我来!”睿阳拉着麦冬的手，从山上一路艰难而又快速地跑向山下。

“怎么会有血?他们受伤了?”麦冬看着帐篷旁雪地上被鲜血染红的印记，再次紧张得握紧了拳头。

“别着急，没在这说明他们能走，看看血迹到哪儿了。”睿阳声音中带着沉着的气息，让麦冬慌张的心不由得安定不少。

顺着血迹找过去，一间木质的房子出现在眼前。

麦冬和睿阳对视一眼，伸手推开了房门。

房间内一股暖流扑面而来，暖意中还夹杂着浓重的血腥味，麦冬不由得皱了皱鼻子，抬腿跨进屋内。

第三十二章　暖春的朝露（2）

一张并不宽敞的木床上，程澔轩仰面躺着，小腿处裤管上的血迹已经干涸凝固，唐洛洛枕着程澔轩的胳膊背对门口躺着，从肩膀的均匀起伏看得出，她睡得很沉。

麦冬看着眼前的景象，愣了一会儿，回头看了看睿阳，见他一张似笑非笑的脸，麦冬松了口气，故意大声咳嗽了两声。

床上的两个人似乎没有什么反应，麦冬走上前，推了推唐洛洛的背。

“唐小花，我们都快急死了，你竟然躺在这里睡觉？”

唐洛洛缓缓睁开睡意惺忪的双眼，看到麦冬站在自己面前，“哇”的一声哭了出来：“啊！麦小冬，你差点就见不到我了你知道吗？”

麦冬蹙蹙眉，拍了拍唐洛洛的肩膀：“差不多得了啊！我看你这挺享受的呢！”

唐洛洛胡乱抹了一把泪眼婆娑的脸，开口就要反驳：“我……”转头看到身边躺着的程澔轩时，一个挺身翻下床，“这……这这，这是个意外。”

麦冬一脸不想听人解释的模样，翻了个白眼走到壁炉旁坐下。

睿阳看着床上睫毛不停抖动的程澔轩，快步走到床边，二话没说对着程澔轩的胸口就是一拳："你也别装了！"

程澔轩闷哼一声，迅速坐起半个身子："哇！你还真敢下手啊，我可是个伤员！"

睿阳眉毛一挑："伤哪了？"

程澔轩伸出手指，动作幅度小到几乎可以忽略不计地指了指腿，结结巴巴地说："呃……腿，腿伤了，真，真的。"

"你！你早就醒了？"唐洛洛皱着眉，表情夸张地质问程澔轩。

"我……我刚醒，刚醒了……一会儿。就比你早一小会儿，真的！"程澔轩一边说着一边对睿阳拼命使着眼色。

睿阳像是没看见似的，转过身和麦冬坐在一起，边烤火边说风凉话去了。

"哎呀，人家只是想甜甜蜜蜜地过个二人世界，咱俩还跟傻子似的到处找他们。"

"可不嘛，这恋爱谈得可真是惊天动地！"

"呀！你脸上的伤疼不疼啊！"

"疼不疼的也没人管，脸哪有腿重要啊！"

唐洛洛听着两人一唱一和，冷嘲热讽，她一脸欲哭无泪的表情。

"哎呀，你俩别闹了，他真的受伤了，我为了把他拖进来，都快累死了。"

麦冬看都不看她："跟我说有什么用啊，该说谢谢的人又不是我。"

程澔轩像是被呛到似的，咳嗽了好一阵，弱弱地说："咱们……是不是应该先跟外面联系一下？我没带手机。"

睿阳看着火光透过手指发出晶莹的红色，淡淡地开口："我发过定位了，你俩安心照顾对方吧。"

麦冬悄悄为睿阳竖了个大拇指。

唐洛洛把脸埋在膝间，瓮声瓮气地说："天啊！我真是跳进黄河也洗不清了。"

程澔轩看着坐在床下、头发乱蓬蓬的唐洛洛，一脸暖暖的笑。

医院的病床上，程澔轩一脸傻笑地看着坐在床前削苹果的唐洛洛。

“给！”唐洛洛把削好的苹果递到程澔轩面前。

“谢谢！”程澔轩接过苹果笑着说，“谢谢你救了我。”

唐洛洛擦拭着水果刀：“该说谢谢的是我，是你先救了我。”

程澔轩笑着挠挠头：“又算扯平了吗？”

唐洛洛放下水果刀正色道：“傻小胖，你还真是傻，那么危险干吗追过来？万一……万一出事怎么办？”

“我没有办法放着你不管，我说过，我会守护你的，不是开玩笑的。”程澔轩坐直身子，很严肃地说着，“唐洛洛，从你收下我的礼物那天开始，你就是我生命里的光，我人生最大的动力就是你，我做的这一切都是为了在茫茫人海中找到你。”

唐洛洛有些意外地看着这样严肃的程澔轩，他就像在宣读誓言一样说着他对她的感情，他就像在守护信仰一样用生命守护着她的世界。

唐洛洛将手中的纸巾揉捏得粉碎，程澔轩带给她的震撼是致命的，那双比灯塔还要明亮的眼睛是那样真实地看着她，就这样不计回报地付出着自己的爱，哪怕以生命为代价，哪怕这一生都等不到他要的结果，就这样飞蛾扑火般爱着，这样疯狂的爱情，带着张幻迪的影子再次降临到唐洛洛的生命中。

唐洛洛丢掉手中惨不忍睹的纸巾，向程澔轩探近身子，柔波涌动的眼眸中翻滚着浪花，慢慢闭合双眼，娇艳欲滴的双唇附上了程澔轩微白的唇瓣……

“什么？这就是你的秘密计划？”麦冬惊讶地睁大眼睛看着睿阳。

“有什么问题吗？他俩牵着手回国，这个新闻一定能盖过你的新闻。”睿阳不以为然地端起咖啡杯。

“问题？问题大了！”麦冬翻个白眼说着，“我问你啊，你怎么确定她俩一定会按照你设定的剧情发展？”

“首先，剧情不是我设定的；其次，他们之间的关系你不觉得很暧昧吗？”

“暧昧一定能发展成爱情吗？”麦冬一副“你是不是傻”的表情看着睿阳。

“他们俩的话，一定能。”

“呵呵，你哪来的自信？感情这种事，当事人都说不准的吧？”

“我太了解澔轩了。”

“嘁，我还太了解唐洛洛呢。”

“打个赌吧。”睿阳放下杯子。

“赌什么？”

“如果走之前她俩在一起了，你要答应我一件事。”

“什么事？”

“还没想好，到时候再说吧，一定是你能做到的事。”睿阳挥挥手说。

“如果没在一起，你也要答应我一件事。”麦冬勾起唇角说。

“好。”睿阳想都没想就答应了。

“成交！”麦冬笑嘻嘻地站起来，走了两步又回过头，“什么时候走？”

睿阳笑容绽开，带着狡黠的光，眉毛轻挑：“等他俩好了就走。”说完起身大步向外走去。

“好了？哪种好了？”麦冬站在原地反复咀嚼着这两个字，眉头越拧越紧，带着怀疑的神色转头看着睿阳走远的背影，“喂！你不是在耍我吧。”

睿阳头也没回，挥了挥手：“愿！赌！服！输！”

第三十三章　暖春的朝露（3）

在回中国的飞机上，麦冬看着一脸幸福小女人模样的唐洛洛，眼神中的杀意毫不掩饰，咬着牙在唐洛洛耳边私语：“唐小花，你也太不矜持了吧，这才几天啊，你就被敌军收买了吗？”

“敌军？哪来的敌军啊？”唐洛洛一脸不解。

麦冬压着怒火深深吸了口气：“我是说，你真的不需要再考虑考虑了吗？你们性格啊什么的真的合适吗？我觉得吧，这事得慎重，你还是再考虑考虑吧，等回国后再说怎么样？”

唐洛洛疑惑地看着麦冬：“冬啊，你是不是不喜欢澔轩啊？”

麦冬眨眨眼：“不是啊，我这不是为了你的幸福考虑嘛，要慎重啊。”

唐洛洛歪着脑袋，像是在思考什么：“嗯……你不喜欢他该不会是因为毛绒玩具过敏事件吧？”

麦冬张了张嘴，欲言又止的表情在脸上挣扎一番，然后愤愤地扭过头不再看唐洛洛一眼。

北京首都国际机场的到达大厅挤满了接机的粉丝和媒体人，唐洛洛和程澔轩在瑞士失踪后又互救对方的消息早已被放了出来，疯狂的粉丝和恐怕错过独家消息的媒体早早地就守候在了机场。

从飞机上下来，一行人特意没走 VIP，一出通道便被粉丝和媒体团团围住，各种关于唐洛洛和程澔轩的感情问题接踵而至，他们在工作人员的保护下，牵着手走过人群，粉丝们发出震天的惊呼声。

睿阳对麦冬挑挑眉毛，麦冬不屑地白眼一翻，跟着开路的工作人员上了车。

狭小的出租屋里，陆晓雪看着电视中唐洛洛回国的新闻，眼眸中闪过忽明忽暗的光，半晌，她拿起手机，拨打了唐洛洛的电话。

等待音响了许久，突然传来一声空白，陆晓雪温暖的笑容浮现在脸上，对着电话暖声开口："洛洛……"

"对不起，您拨打的电话暂时无法接听，请稍后再拨！"冰冷的女声回应了陆晓雪温暖的笑容。

脸上表情渐渐凝结，直至笑容成霜，散落在空气中，消失不见……

手机放在身边，直至深夜，陆晓雪的手机也没有接到唐洛洛回拨的电话，她伸手关掉电视，将自己的脸隐藏在黑暗之中，身影定格在冰冷的空气里……

那一夜，唐洛洛在录音棚为新专辑最后的录制工作忙到天亮，她不知道手机中途被助理随意挂断的那一通电话将成为她这一生再也无法弥补的裂痕。

睿阳大力推开常慧晨的房门，将手中的文件夹重重地摔在她面前。

毫无防备的常慧晨被吓了一个激灵，惊恐地开口："你，干什么？"

睿阳指着文件夹，冰冷地开口："这话应该我问你吧。"

常慧晨颤颤巍巍地打开文件夹，看到内容后眼中划过一丝诡异的光。

“这是什么意思？”

睿阳周身散发着冰寒：“别装了常慧晨，消息就是你放出去的吧。”

“我为什么要这么做？”常慧晨闪烁其词地回答。

“为什么？你应该比我清楚！”睿阳乌黑的眼眸中射出寒光，“我不管你有什么龌龊的目的，你敢伤害她一根汗毛，我绝对不会放过你！”

说完大步走出房间，重重地关上房门。

震天的关门声仿佛拍打在常慧晨的心上一般，让她不由得全身一阵战栗。

半晌，常慧晨红着眼圈，抓起床边的抱枕狠狠地朝房门砸去。

“凭什么！你们都喜欢她！她就不该出现在这个世界上！她就应该去死，这一切都是我的！是我的！我的！”

因为气愤而全身颤抖的常慧晨，狠狠地拉扯着自己的长发，强迫自己把眼睛睁得大大的，眼中满溢着仇恨和愤怒。

陆晓雪在略显拥挤的出租屋里，捧着一杯白开水发呆。

一阵急促的敲门声把她吓了一跳。

陆晓雪急忙走到门口透过猫眼向门外看去，看清来人后打开房门。

“晨晨，你怎么来了？”

常慧晨站在门口，手里拎着两瓶红酒，一脸不开心地说：“晓雪，我心情不好，陪我喝酒吧。”

把常慧晨请进房间，陆晓雪拿过两只高脚杯。

“不好意思啊，我这里太小了。”

常慧晨摇摇头，熟练地打开红酒缓缓倒入酒杯。

“晓雪，还是你最好了，不开心的时候只有你能陪我。”

陆晓雪轻笑着：“你不嫌弃就好啦，我们是好朋友嘛。”

看常慧晨不肯说心情不好的原因，擅长察言观色的陆晓雪很识趣地没有过问，两人只是接二连三地交杯换盏，聊的也都是些无关紧要的话题。

“你吃晚饭了吗?”陆晓雪很贴心地问。

常慧晨带着委屈的神色摇摇头。

“我去给你煮碗面。”说着陆晓雪起身走进仅能容纳一个人的厨房。

常慧晨起身在小房间里溜达着，看着这个小小的出租屋，最里面的窗边放了一张单人床，床前是一张书桌，上面摆着许许多多的书，其中当然有“冬季”的作品，靠门口的地方放了一张双人沙发，一张小茶几和一台电视机，再旁边就是小厨房和卫生间了。这是布局最简单的一室一厅的单身小公寓，常慧晨环绕一圈，向书桌旁走去。

桌子上摆着两个相框，一个里面摆放的是陆晓雪和父母的照片，另一个摆的是麦冬、陆晓雪和唐洛洛三个人的合照，看起来像是高中时期的样子，麦冬面无表情地站着，陆晓雪像个天使般温暖地笑看着镜头，调皮的唐洛洛右手搭在陆晓雪的肩膀，左手勾住麦冬的脖子，笑得灿烂无比。

常慧晨带着不屑的笑，目光扫过照片，不经意间随手翻开一本封面花花绿绿的笔记本，映入眼帘的是写了满满一整页的睿阳的名字。常慧晨一惊，警惕地向厨房方向看了一眼，见陆晓雪还没有要出来的迹象，她迅速低下头，快速翻动笔记本。

“晨晨，要不要加个荷包蛋?”

陆晓雪的声音从厨房传来，常慧晨赶紧合上笔记本，装作什么都没发生的样子，向厨房走去。

“哦，不用了!”

虽然只是匆匆一瞥，常慧晨却也知道了其中的秘密，原来陆晓雪竟然喜欢睿阳，还藏得这么深。

常慧晨一边夸陆晓雪的面做得好吃，一边在脑海中快速构建着如何利用这个秘密来击垮麦冬。

毫不知情的陆晓雪腼腆地笑着，看着好朋友津津有味地吃着她煮的面。

第三十四章　暖春的朝露（4）

毕业前的最后一次开学，唐洛洛和麦冬应邀参加西凌大学的开学典礼，在典礼上，她们分别表达了对西凌大学的美好祝愿和对学弟学妹们的美好祝福。

典礼结束，陆晓雪提议择日不如撞日，利用午后的时间曾为室友的四个姑娘一起喝个下午茶聊聊天。

见陆晓雪兴致勃勃，麦冬欣然答应了，而唐洛洛却因为通告宣传，抱歉地跟大家说了再见。

阳光透过玻璃窗照进咖啡厅，将整张桌子照得暖洋洋的，麦冬放下杯子，看着对面坐着的陆晓雪，唇角带笑。

“洛洛也太忙了，我还想八卦一下她的男朋友呢。”陆晓雪放下杯子说。

“我都常常见不到她。”麦冬迎着阳光说。

“那他们俩到底是为了宣传还是真的啊？”

麦冬无奈地摇摇头：“他俩应该算是从小就埋下的种子吧。”

“多小？幼儿园吗？还是小学？”常慧晨也饶有兴趣地加入了八卦的行列。

麦冬笑而不答。

“哎？那你岂不是也早就认识他了吗？你和洛洛幼儿园不就在一起了？”陆晓雪摸着下巴，慢条斯理地说。

“呃……差不多吧，小学同学。”唐洛洛打了个哈哈开始转移话题：“慧晨，听说你又要回维也纳了？”

常慧晨一脸遗憾地点点头：“对啊，感觉才刚回来，又要走了。”

……

一连串闲聊过后。

麦冬抬手看看时间：“对不起了两位，我得先走了，晚一点还有活动呢。”

陆晓雪起身：“等我去个洗手间，我们一起撤吧，我也该回去准备晚上的节目了。”

看陆晓雪走远，常慧晨漫不经心地说：“看到洛洛和晓雪的感情都有了着落，我也能放心了。”

麦冬不解地歪了歪脑袋，“晓雪？”

常慧晨轻松地说：“睿阳挺不错的，看来晓雪还是很有眼光的。”

麦冬有些疑惑：“睿阳？晓雪喜欢的人是睿阳？”

常慧晨惊讶得张大了嘴巴：“啊？你不知道吗？她亲口告诉我的啊。”接着表情夸张地一拍脑袋，“哎呀，怪不得她让我保密呢，我以为只是对外人保密，你们关系那么好，我以为你早就知道了呢。”

看着常慧晨一脸说漏嘴后表示歉意的表情，麦冬故作轻松地笑了笑：“我们，太久没联系了吧。”

常慧晨点点头，用恳求的语气说：“那你别说是我告诉你的啊，晓雪脸皮薄，我怕她生我气。”

麦冬点头：“好，我知道了。”

回公寓的车上，麦冬试探着开口问睿阳：“你觉得，晓雪怎么样？”

“晓雪？”睿阳疑惑地开口。

“陆晓雪啊。”

“我知道啊，怎么了？”

“你觉得她人怎么样？”

睿阳蹙眉，声音透出寒意：“她跟你说什么了？”

麦冬一怔：“没有啊，我就问问，你紧张什么？”

“谁紧张了？”睿阳辩解道。

“不正常。”麦冬皱了皱鼻子。

“你才不正常。”

麦冬斜睨了睿阳一眼，闭上眼睛，不再看他，脑海里浮现出陆晓雪在KTV承认自己有喜欢的人时的模样，浮现出陆晓雪落泪睿阳递上纸巾的模样，浮现出在新书发布会现场看到陆晓雪和睿阳并肩站在台下的模样。又联想到那日在山顶等日出时被睿阳调戏的情景，唾骂当时的自己还差点信以为真了……

想到这些，麦冬自己都未察觉到心情的骤变，从微酸转为愤怒，车子刚到公寓门口还未停稳，麦冬便猛地拉开车门，愤愤地下车，不顾身后睿阳的声音，拉开家门又“砰”的一声关上……

“神经病啊！”睿阳不明所以地翻了翻眼睛，脚下油门一踩，扬长而去……

星橙娱乐公司会议室里，明峰宣布“冬季”个人工作室正式成立。

“冬冬，对于工作室你还有没有其他什么具体的要求？”明峰问。

麦冬向后仰了仰身子，跷起二郎腿说：“有！我要换经纪人！”

“啊？这……”会议室的一干工作人员都猝不及防。

坐在对面的明峰一脸欲哭无泪：“可是……可是冬冬啊，换经纪人必须有特殊原因才行哦。”

“有啊！”麦冬指着睿阳义正词严地说道，“他！严重影响我的创作！”

睿阳对此嗤之以鼻。

明峰一脸谄笑："冬冬啊，冬冬！Sunny 哥是星橙娱乐的王牌经纪人，多少艺人都抢着跟他合作呢，你就别闹了啊，乖！"

麦冬放下二郎腿，猛一拍桌子："那就让他跟别的艺人合作去，我身边不需要这样的人！"

"哪样的人？"睿阳蹙眉开口。

"渣男！"麦冬瞪着眼睛一字一顿地说。

"什么？"睿阳一脸的不可思议。

"就是你！渣！男！"麦冬理直气壮地大声重复了一遍。

会议室里立刻窃窃私语起来……

"麦冬，你要吵架可以，人身攻击可就过分了啊！"

麦冬拍着桌子站起来，指着睿阳的鼻子："敢做不敢认啊！渣男！"说完转身走出会议室。

明峰小声在一脸蒙圈的睿阳耳边问："Sunny 哥，你做了什么？"

睿阳吃了黄连一般的表情："我没做过什么啊！"

明峰一脸不相信的表情："那她为什么说你敢做不敢认？"

睿阳咬牙切齿地说："我哪知道啊！莫名其妙……"

一连几天，无论是在赶通告的路上还是在公司，麦冬都拒接跟睿阳说话，两人全程几乎零沟通，在场所有的工作人员，进进出出都顶着大写的尴尬。

晚上活动结束，车停到公寓门口，麦冬开门下车，打开家门后"砰"地关上，把跟在身后的睿阳挡在门外。

"开门！我们谈谈。"睿阳拍着门说。

"我跟你没什么好谈的。"麦冬在房内大喊。

"你不会让我站在这里跟你喊着聊吧？"

"随你的便！"

睿阳压了压燃烧的怒火，伸手在密码锁上按下几个数字。

房门打开，睿阳抬脚迈进。

“你知道密码？”麦冬看着进来的睿阳吃惊得嘴巴合不拢。

“你就没换过！”睿阳不以为意地走进客厅。

麦冬拦住他的脚步：“站这里说吧。”

睿阳近前一步：“我到底哪里得罪你了？”

“你哪都得罪我了！”

“比如说？”

“比如……比如说……你站在这里就得罪我了！”麦冬蛮不讲理地开口。

睿阳白眼翻到天上，抬腿往里走去：“那我去里面坐着。”

“别动！”

“你到底想干吗？”睿阳停下脚步，转过身，“你知不知道，咱俩现在已经影响了团队的正常工作，你想吵架可以放到平时吵，但工作的时候我拜托你有点专业精神行不行？”

“影响也是因为你！我早就说了，有你在我没法工作。”

“你讲点道理好不好？”

“对！我就是不讲道理?！我没有礼貌，冷漠无情，哪比得了别人的温柔体贴！”

睿阳蹙眉一怔：“你在说什么？”

麦冬伸手推了一把睿阳：“你去找陆晓雪吧，好不好？她喜欢你，你去捧她吧。”

睿阳看着麦冬微红的眼圈，深吸了口气：“我是个玩具吗？要你们让来让去的。”

见麦冬不说话，睿阳声音中带着微愠：“是不是说这世上谁喜欢我，我就必须回应谁？我难道就没有自己的感情吗？还有麦冬，你把别人当朋友，掏心掏肺地对待别人之前，你了解过对方的感受吗？你要是能有陆晓雪一半的心思，我也不至于这么担心你。”

麦冬皱了皱发酸的鼻子：“对，我没有晓雪聪明，我也没有她善解人意，我不懂得换位思考，我总是把我的想法强加给别人，我也不知道你喜欢谁，不喜欢谁，我只知道，晓雪这几年过得很不容易，她有她的自尊，她从不向我求助，我什么都帮不了她，我唯一能做的就是把她喜欢的人推到她身边，我得到的已经够多了，她却什么都没有，我不能再把她唯一想要的抢走了……”

麦冬话说到一半，被突然袭来的一股大力拉得向前踉跄了一步，下一秒，睿阳火热的双唇已经覆盖上麦冬冰冷的唇。一瞬间，麦冬的大脑一片空白，眼前只剩下睿阳放大的微闭着的双眼，长长的睫毛乌黑浓密，像两片黑色的羽毛在麦冬眼前抖动。

半晌，睿阳松开麦冬，拇指轻轻拂过麦冬微红的唇，声音里带着滴出水的温柔：“我喜欢的人是你，如果可以，别推开我好吗？”

麦冬似乎还沉浸在刚才那不真实的感受里，呆呆地睁着大眼睛看着睿阳。

睿阳宠溺地捧起麦冬的脸：“所谓自由，并不是放下一切，单纯地去流浪，而是心甘情愿去做自己想做的事，然后把最好的结果称之为理想。这不是你说过的话吗？相信我，陆晓雪会得到她想要的自由。”

麦冬似懂非懂地眨了眨眼睛，懵懵懂懂地点点头。

放开麦冬的脸，睿阳露出的笑容带着魅惑：“从现在开始，休战！我等你的答案！早点休息，晚安！”

麦冬仍旧傻傻的样子，呆站在原地。

在关门声响起的那一刻，麦冬才如梦初醒般摸了摸自己的脸。

“天哪！我都做了什么？！”

质疑过后，抱着自己发烫的脸，跑到床上将自己埋头在被子里久久不愿出来……

淡定地走到车前，拉开车门，坐进驾驶位，关上车门，这一系列的动作，带着沉稳的气息，没有半分凌乱，发动了车子，睿阳看着自己握着方向盘的手从微微颤抖到兴奋得握成拳，暖意的灿烂的笑容在他冷峻的脸上绽开，像是冰冷的湖面上吹过了第一缕春风，化开了第一条春天的裂缝，接下来，整个湖面都将解冻，从此便是春暖花开……

第三十五章　暖春的朝露（5）

年少轻狂的岁月
不知天高地厚，无所畏惧，无所顾虑
不懂别人眼色
不懂什么是城府
喜欢就是喜欢
讨厌就是讨厌
不勉强自己
不附和别人
活得甚是简单
……

随着年龄的增长，各式各样的烦恼接踵而至，我们学会了察言观色，学会了随声附和，学会了阿谀奉承，学会了小心翼翼，磨平了棱角，收敛了光芒，对喜欢的不直接表达，对讨厌的更不轻易显露。渐渐地，我们变成曾经最不齿的人，活得烦琐复杂。

两人之间这种不挑明关系的吻是一件很神奇的事，会让两人的关系变得无比暧昧，同时又会让两人的关系变得微妙、尴尬……

星橙娱乐公司的会议室里，一众工作人员第三次讨论关于工作室成立的发布会细节，麦冬在小助理的陪同下前往会议室，楼层拐角处正好撞上迎面而来的睿阳。

麦冬抬步往左跨一步，睿阳刚好抬脚往右跨一步。

就在小助理以为两人又要杠上的时候。

麦冬向后撤一步，靠墙站着，低着头躲开睿阳的眼神："你……你先过。"

睿阳略带慌张，也同时向后撤一步："你先过吧。"

小助理看了看麦冬，又惊奇地看了看睿阳，不知所以地咽了口唾沫。

"你别跟着我！"唐洛洛气势汹汹地向二人走过来。

程澔轩跟在唐洛洛身后："你慢点走，你听我解释啊！"

"我不听！没什么好解释的！"唐洛洛在麦冬和睿阳中间站定，回头对程澔轩说。

"你真的是想多了！"程澔轩大步走过来，拉着唐洛洛的胳膊。

唐洛洛猛地甩开，差点打到一旁的麦冬，麦冬条件反射地向后缩了缩脖子。

"我想多了？呵！你就是想说我小心眼呗！"

程澔轩一脸无辜："我不是这个意思。"

"行！我告诉你程澔轩，你爱跟谁好跟谁好，找个不小心眼的好去！"

"不是，我错了还不行嘛，你小点声。"程澔轩讨好她。

"我小不了，我天生就嗓门大。"唐洛洛边说着边张牙舞爪地比画着。

麦冬和睿阳都尽可能地贴墙站着，以防唐洛洛一个不小心伤及无辜。

“好好好，我知道，咱换个地方说好吗？”

“不行！就在这说！”唐洛洛气鼓鼓地叉着腰。

“好好好！那你听我解释。”程潲轩好脾气地慢慢说。

“我不听！”唐洛洛眼睛瞪得大大的。

睿阳歪了歪头，在唐洛洛身后冲麦冬做了个询问的手势。

麦冬一脸不明所以地耸耸肩膀。

“那……还是换个地方说吧。”程潲轩继续说。

“不换！”唐洛洛理直气壮地说。

“那你别走啊，你听我把话说完嘛。”程潲轩恳求着。

“我不听，你这个骗子！”唐洛洛嗓门高得引得附近办公室的工作人员都伸出脑袋来看热闹。

麦冬实在忍无可忍，伸手戳了戳唐洛洛的胳膊：“那个……你俩到底说还是不说？”

唐洛洛似乎才发现身边还有别人，吃惊道：“你怎么在这里？”

麦冬哭笑不得的表情：“我先来的。”

唐洛洛依然气鼓鼓的，像是看到娘家人似的说：“冬冬，我要跟他分手，你说得对，我当初就不应该那么草率地相信他。”

麦冬转头看向快哭了的程潲轩，扬了扬眉毛询问原因，程潲轩哭丧着脸，摇了摇头，一脸无辜。

麦冬有些尴尬地看了睿阳一眼，睿阳淡淡地说：“总得有原因吧？”

唐洛洛像是又受到了惊吓一般转过头：“你！你怎么也在这？”

睿阳朝着麦冬扬了扬下巴：“我们一起来的。”

“哦。”唐洛洛转回头看到程潲轩时，脸上再次露出愤怒，指着程潲轩大声说，“你问他！”

程潲轩的脸上仿佛写着“欲哭无泪”四个字：“这是个误会！”

“别说了！我不听！”程潲轩刚一开口，唐洛洛又一次大声喝止。

麦冬倒吸一口冷气，压着自己想要手撕唐洛洛的冲动：“那你说！”

“他！他昨天在庆功宴上追在‘少女时代’屁股后面一晚上！”唐洛洛像是受了极大的委屈。

睿阳有些好笑地看了程澔轩一眼，程澔轩满脸的冤枉。

“我真没有，因为认识，所以才打了个招呼。”

“打招呼用得着抱在一起吗？”

麦冬睁大眼睛看着程澔轩，睿阳一脸看好戏的表情，抱着双臂靠在墙上。

“真的没有抱，因为太吵了，所以离得近了一点！”

“我不信！”唐洛洛叉着腰大喊。

“你要我怎么做你才能相信啊？”程澔轩边说着边向睿阳求助。

睿阳一脸嘲笑地向他使了个眼色。

程澔轩忽略睿阳的幸灾乐祸，瞬间领悟，向麦冬投递求助的眼神。

麦冬强忍着笑意，因为她知道，这个时候如果大笑出来，必定会被唐洛洛当众打死，所以即便再想笑，她也忍住了。

麦冬走到程澔轩身边，在他耳边说了句：“没有什么是一顿大餐解决不了的，如果有，那就两顿。”

程澔轩半信半疑地看着麦冬，麦冬肯定地对他点点头，拍了拍程澔轩的肩膀，潇洒地离去。

睿阳唇角带着非善意的笑走过来，也拍了拍程澔轩的肩膀离去，小助理看了看四个人，怀疑自己这一大早地都经历了什么，摸了摸浑浑噩噩的脑袋跟了上去。

程澔轩看着众人离去后依然气鼓鼓的唐洛洛，讨好地走到她身边，握了握拳，死马当成活马医地开口：“要不我们去路过的那家新开的餐厅，边吃边聊？”

唐洛洛原本拉长的扑克脸，瞬间缓和了不少。

程澔轩见招数奏效了，立刻加码：“我听说他们家的招牌龙虾是澳洲直运的，保证鲜活。”

唐洛洛吸了吸鼻子，声音降低分贝说：“那就，边吃边说吧。”

“好，我这就去定位子啊。”程澔轩开心地笑起来。

“你别以为我是那么好哄的，这事还没完呢，看在美食的面子上，我才暂时不跟你计较的，不等于我原谅你了，你知道吗？喂……你知不知道？”唐洛洛一边被程澔轩拉着不情不愿地向前走，一边碎碎念着。

程澔轩挂着一脸灿烂的笑附和着点头。

夜幕下的后海带着浓浓的文艺范，青石板路上来来往往的人们，脸上或多或少都带着艺术之美，一家挨一家的小酒吧，各自演奏着或清新，或炙热的音乐，在月色的衬托下，安逸得就好像是一座艺术的世外桃源。

睿阳背对人群，坐在角落小吧台，旁边坐着压低帽子的程澔轩。

“搞定了？”睿阳轻抿一口杯中的威士忌。

“唉！别提了，真快吓死我了。”程澔轩一脸心有余悸的表情。

睿阳带着幸灾乐祸的笑容：“祝贺你劫后余生。”

程澔轩悻悻地瞥他一眼。

“你和冬冬……怎么样了？”程澔轩似是无意般地问起。

睿阳拿着酒杯的手在空中顿了顿：“什么，怎么样了？”

“你别装傻，这几天就看你们俩怪怪的。”

“哪里怪怪的？”睿阳用喝酒来掩饰紧张。

“你俩……为什么突然不吵架了？”

“没什么好吵的呗，不吵了还不是好事吗？”

“对别人来说是好事，但你俩突然变得这么客气，就一定有问题！”程澔轩像个侦探般推理。

“别秀你的推理能力了，喝酒吧！”睿阳举起杯子。

程澔轩向前探了探身子："说真的，她还不知道你和常家的关系吗？"

睿阳摇头："本来觉得没什么，但我现在开始害怕她知道了。"

"为什么？"

"我怀疑，董事长一直在寻找的人和她有关系。"

"什么意思？"

"她可能就是……"

睿阳话还没说完，程澔轩就惊讶地睁大了眼睛："不会吧？这么巧？"

"我还在调查，希望不是吧。"睿阳碰了碰程澔轩的杯子，将杯中的威士忌一口喝下。

第三十六章　暖春的朝露（6）

“好多同学都去毕业旅行了，好羡慕啊！”唐洛洛刚从录音棚出来就跑到睿阳办公室找麦冬。

麦冬坐在窗台，背对着阳光笑看着她：“你前不久不是去过瑞士了吗？”

“那哪叫旅行啊，那么一大帮人，比旅游团人还多。”唐洛洛噘着嘴抱怨。

“那就去吧，就我们四个，怎么样？”坐在沙发上的程澔轩说。

“真的吗？”唐洛洛双眼放光。

“当然是假的！”睿阳冷冷地开口，“你们当自己是闲人啊？通告走完了吗？”

唐洛洛委屈地看向麦冬，麦冬无可奈何地耸耸肩。

“工作嘛，永远都做不完，不要那么拼命嘛，劳逸结合才能提高工作效率啊。”程澔轩边说着边起身走到睿阳身边，在他面前冲着麦冬的方向努努嘴。

睿阳不明所以地皱皱眉，用眼神传递着信息。

程澔轩看他不明白，一把搂住睿阳的脖子，贴在他耳边轻声说：“好机会啊，增进感情啊。”

睿阳嫌弃地推开他，皱着眉摇了摇头。

程澔轩再次一把搂过睿阳：“你想这样不明不白地僵到什么时候啊？有我和洛洛在，不会让你们尴尬的。”

睿阳依然是不太情愿的样子。

程澔轩笑着转过身，对满脸疑惑的麦冬和唐洛洛说：“就这么定了！”

睿阳拉了程澔轩一把：“我什么时候说同意了？”

程澔轩脸上笑容不变，微微侧过脸，咬着牙轻声对睿阳说：“女生都是没什么耐心的，不趁热打铁有你后悔的，到时候可别怪我没提醒你啊。”

“你俩嘀嘀咕咕干什么呢？”麦冬看着两人怪异的行为开口问。

“没有啊，我去看看行程。”睿阳推开程澔轩的脸，转身拿起桌上的文件夹。

程澔轩对唐洛洛笑意盈盈地扬了扬眉毛，唐洛洛暗暗为他竖了个大拇指。

“我只要带上笔记本电脑，去哪都一样。”麦冬不以为然地说着，抬头看了一眼睿阳，又跟唐洛洛说，“既然是毕业旅行，叫上晓雪吧。”

唐洛洛立刻点头应和：“好啊好啊，我们三个好久没有一起出去玩了。”

“不是说好我们四个的吗？”程澔轩抗议道。

“晓雪又不是外人，对了，她还没见过你呢。”唐洛洛伸出手指，脸上带着阴险的笑意，“如果晓雪不喜欢你，我就跟你分手。”

“啊？”猝不及防的程澔轩苦着脸说，“你这分手来得也太随意了吧。”

唐洛洛傲娇地冷哼一声。

麦冬笑着扫了一眼眉头微蹙的睿阳。

“那就下周吧，趁着工作室对外发布之前，你们两个的宣传也结束了。”睿阳沉声开口。

麦冬表示没意见，唐洛洛和程澔轩笑得像两个孩子似的击掌庆贺……

凌晨的机场门可罗雀，鲜少有人走动，陆晓雪松开常慧晨，抹了抹湿润的眼角说：“晨晨，她们不方便过来，我就代表我们三个跟你告别了，你一定要照顾好自己啊。”

常慧晨笑着点头：“晓雪，你也是哦，幸福是要自己争取的，你明白吗？”

陆晓雪红着眼，再次抱了抱常慧晨：“晨晨，谢谢你。”

“我走了！你要加油哦！”常慧晨拉着箱子，转身进了安检大厅。

陆晓雪擦了擦眼泪，转身向 VIP 休息室走去。

“走了？”麦冬看着走进休息室的陆晓雪红肿的眼睛。

陆晓雪点点头。

麦冬伸手把她拉到自己身边：“没事啦，很快就回来啦。”

“就是就是，你也太多愁善感了，别哭了，我现在好期待我们的旅行哦，怎么还不登机啊。”唐洛洛也凑过来一脸兴奋地说。

陆晓雪被唐洛洛夸张的表情逗笑了，麦冬也跟着笑起来……

东方的天际洒下第一道曙光，麦冬等人的飞机顺利抵达拉姆卡恩国际机场。

芽庄位于越南南部海岸的最东端，是一个僻静的海边小城，具有东方小马尔代夫之称。

来东南亚旅行是唐洛洛提议的，她硬说自己和程澔轩都属于健康的小麦肤色，和东南亚气质最搭配，而麦冬的肤色看起来就不健康，需要多晒晒太阳。

进入酒店顶层的豪华观景房间，唐洛洛的惊呼声简直可以穿透楼顶。

“你小声点！东南亚也有很多人认识你。”麦冬一把抓住疯狂的唐洛洛。

程澥轩有些好笑地看着她们：“那你们三个就住这个房间吧，我们就在隔壁，有事大喊一声就能听见。”

睿阳低头轻笑：“简单收拾一下，我们去楼下吃点东西。”

“好！”唐洛洛一边答应着，一边挣脱麦冬的拉扯，自顾自地朝直面大海的阳台跑去。

“哇！太美了，麦小冬，你快来看啊！”唐洛洛在阳台上兴奋得直跳脚。

麦冬一脸嫌弃地翻了个白眼：“你们去放行李吧，这个傻子交给我。”

两人笑着转身回房间。

“真的好美啊！”陆晓雪趴在阳台的栏杆上回头对麦冬说。

麦冬笑着关上门，走到阳台。

阳光洒遍全身每一个毛孔，一片银灿灿的沙滩后面是蔚蓝的大海，海面翻卷着白色的浪花拍打在沙滩上，海浪的轰鸣声，海鸥的欢笑声，一切都是那么美好。

三个姑娘看着眼前的景象，笑容像是回到了高中时代的孩子，那么纯净无瑕。

午后的时光，麦冬坐在沙滩椅上，看着碧蓝的海天一色，繁忙喧闹，匆匆的游客，来往的渔船，都在碧蓝海天之中随风流转。时光像是慢了下来，海水的颜色从孔雀蓝过渡到深蓝色，海风习习，让本该炎热的午后增添了一丝清凉，让整个海岛更增加了一分惬意，直到夕阳缓缓落下，余晖映红了海港的水面，唐洛洛才被陆晓雪和程澥轩合力拉扯着从海岸边远远地走过来。

麦冬合上笔记本电脑，转头看向睿阳，夕阳的光透过遮阳伞温柔地洒在他熟睡的脸上，浓密的睫毛微微颤抖着，在海风的吹拂下，额间碎发轻轻地随风摆动，散发着慵懒随性的致命气息。

麦冬不自觉地勾了勾嘴角，抬头看到陆晓雪率先向她跑了过来。

“累死我了，洛洛可真能跑，我再也不要跟着她了。”

麦冬笑容绽开，伸头绕过陆晓雪向正在疯跑的唐洛洛看去：“恐怕也只有那个家伙能跟着她了。”

陆晓雪坐在麦冬的躺椅边上：“我听洛洛说，程澔轩就是小时候送你毛绒玩具的那个小胖子?”

麦冬瞬间拉下脸：“她怎么什么都说。”

陆晓雪咯咯地笑起来：“你们还真是有缘分啊。”

“唉！孽缘啊！”麦冬重重地叹了口气，把笔记本电脑放在一旁，起身朝唐洛洛跑去，并大喊着，“唐小花！你死定了！”

陆晓雪笑得花枝乱颤，转头看见睿阳熟睡的脸，视线慢慢定了格。

见麦冬和唐洛洛打闹着跑远了，陆晓雪看着睿阳的眼神带着深深的爱意，嘴角轻轻上扬，伸出微微颤抖的手，慢慢向睿阳的脸颊靠近。

睿阳猛地睁开眼睛，眼中不见半点睡意，伸手抓住陆晓雪惊慌失措的手腕。

“别打歪主意，你知道的，我不会让你伤她分毫。”万年寒霜的语气夹杂着徐徐海风飘进陆晓雪耳中。

陆晓雪唇角笑意平添几分苦涩：“你就是这样看我的吗?”

“我怎样看你，不必太在意。”

“你真的这么讨厌我吗?”

“她真心拿你当朋友，你最好别做对不起她的事。”睿阳声音中冷意不减。

“睿阳，你赶紧管管她俩啊，再这么追下去我就断气了！”程澔轩的声音在远处响起，睿阳坐起身的同时顺势放开陆晓雪的手腕。

“别闹了，去吃饭了！”睿阳起身向程澔轩跑过去。

陆晓雪抚摸着被松开的手腕，洁白如玉的手腕上几条修长的手指印红得触目惊心，陆晓雪的眼底闪现着除了委屈还夹带着一些不明情绪的波光。

“你刚才什么情况？”程澔轩用肩膀顶了顶睿阳。

睿阳苦笑一声：“演戏呢。”

“什么戏？”

“年度大戏《天使与魔鬼》。”

“什么乱七八糟的？”程澔轩一脸鄙夷，“你该不会在引发《姐妹的战争》吧？”

睿阳嫌弃地看了程澔轩一眼：“战争什么？有争的必要吗？”话音未落，一把抓住从自己身边跑过的麦冬，“完胜！”说罢挑挑眉看着程澔轩。

程澔轩一脸不屑地摇着头去追唐洛洛。

“什么东西完胜？”一头雾水的麦冬气喘吁吁地停下。

“吃饭！”睿阳大手捏住麦冬的头，一个180度的旋转后，表情轻松加愉快地将胳膊搭在麦冬肩膀上大步向酒店走去，被转得七荤八素的麦冬，抱着晕乎乎的脑袋踉跄着却无法逃脱睿阳的胳膊。

第三十七章　暖春的朝露（7）

夜幕降临，晚上三个姑娘挤在一张大床上聊着私房话。

“雪，你头发好软啊。”唐洛洛躺在中间，摸着右手边陆晓雪搭在肩头的长发说，“谁要做了你的男朋友，可真是幸福死了。”

陆晓雪腼腆地笑着。

“雪，你上次说的那个你喜欢的男生，现在你还喜欢他吗？”麦冬靠在唐洛洛左手边的床头上问。

“嗯……”陆晓雪想着睿阳对她说过的话，那神情、那动作无一不透露着厌恶，苦笑着摇摇头，“光是我喜欢有什么用。”

“是哪个不长眼的？竟然还敢挑剔我们家晓雪，我倒要看看他是长了六个眼睛还是八张嘴！”唐洛洛激动地坐直身子。

麦冬若无其事地摸了摸鼻子：“你说的是个妖怪。”

陆晓雪低头轻笑。

“晓雪，你别难过，天涯何处无芳草，洛姐我明天就给你找！”唐洛洛安慰着陆晓雪。

“哎哟喂，出口成章了啊！”麦冬打趣道。

唐洛洛一挥手：“别闹，我这说正事呢。”

麦冬看着唐洛洛假装正经的样子，忍俊不禁：“假正经。”

唐洛洛眼睛睁大，转身看着麦冬："你说什么？"

麦冬不以为然地撇撇嘴："夸你呢。"

"你别以为我没听到，你说我假正经？"

"听到了还问，找骂啊？"麦冬笑着说。

"找打！"唐洛洛拿起身后的枕头就向麦冬打去。

麦冬也不甘示弱，摸起枕头回击，两个人从坐在床上变成站在床上，从站在床上变成跌倒在地上，陆晓雪想抢过两人的枕头，却被两人夹在中间打，顺势也拿起自己的枕头防御，三个姑娘的枕头大战打得热火朝天……

"阿嚏……"睿阳连着打了三四个喷嚏。

"怎么了？感冒了？"程澔轩洗完澡出来，正好看到打喷嚏的睿阳。

"没事，就是鼻子痒。"睿阳说着揉了揉鼻子。

程澔轩一脸坏笑，坐在床尾："是不是有人想你了啊？"

睿阳无奈一笑："我倒是盼她想我点好。"

"想你好的有啊，谁让你不要呢。"程澔轩带着挖苦的语气说，"你那个维也纳留学的妹妹不就天天想你好吗？"

"你滚。"睿阳没好气地说，"我现在开始后悔认识你了，你知道得也太多了点。"

程澔轩笑容贱贱地："你快想办法贿赂贿赂我吧，不然我哪天一不小心说漏了嘴可就不好玩了。"

睿阳冷笑着，带着阴险气息说："知道什么样的人嘴最严吗？"

程澔轩脸上的笑意渐渐收敛："哎哎哎……你不至于啊，咱俩可是兄弟。"

"兄弟还带威胁我的！"睿阳一个枕头扔到程澔轩脸上。

程澔轩一把接住，觍着脸靠近睿阳："说真的，你妹妹跟冬冬不是同学吗？你不怕她说漏了啊？”

睿阳皱眉：“她真有那么单纯就好了，我现在都不知道她葫芦里卖的什么药。”

程澔轩骤然靠近睿阳的脸，用笃定的眼神提醒睿阳：“永远不要小看女生的嫉妒心。”

睿阳嫌弃地推开：“你先离我远点！”

程澔轩夸张地笑着扑在睿阳身上：“我的阳，今晚你是我一个人的！”

睿阳奋力挣脱：“程澔轩！你滚出去！……”

不用工作的日子是惬意的，在异国他乡不会被偷拍的日子对于唐洛洛和麦冬来说更是惬意无比的，早餐后程澔轩便提议前往小镇中心的芽庄教堂。

那是一座年代久远的哥特式建筑，尽管看上去是一栋石头砌成的简约建筑，但在芽庄这座海滨小城却很是显眼，尤其是教堂的钟塔最引人注目，墙壁有雕花图案，周围还有很多雕塑和圣经故事的石刻。

唐洛洛这个好奇宝宝不可能丢下这样一个吸引游客的地方，饭还没吃完就迫不及待地催促着大家出发了。

教堂总是给人神圣的感觉，推开“咿咿呀呀”的厚重大门，教堂内美如锦花，绘满圣经故事的花窗在阳光的照射下艳丽精彩。虽然教堂紧邻繁华吵闹的市区街头，但内部俨然是静谧平和、气氛神圣的另一个世界。

“哇！”唐洛洛环绕着四周，发出来自心底的赞叹。

“洛洛，我知道我没有多优秀，还经常惹你生气，但是我会很有耐心地哄你，一直把你哄到开心为止，我会陪你去任何你想去的地方，陪你吃遍天下美食，把这世上最美好的一切都给你，我知道即使这样也配不上全世界最完美的你，但我愿尽我所能，让你觉得幸福，我会守护你一辈子，唐洛洛，嫁给我好吗?”程澔轩突然单膝跪地，拿着一枚戒指，拉着唐洛洛的手，严肃认真地说道。

基督教的唱诗班整齐地出现在幕布之后，庄严而神圣的诗歌响彻整个大殿。

唐洛洛怔怔地看着程澔轩，眼中泪光闪烁。

麦冬看着身边带着明亮笑容的睿阳，眯着眼说：“我说为什么突然来教堂啊，原来还有这一出，你知道也不告诉我。”

睿阳笑看着她：“我也是昨天晚上才知道的，这小子瞒了我们所有人。”

“洛洛，快答应他啊。”陆晓雪眼中带着开心的泪光，提醒着唐洛洛。

见唐洛洛只顾看着程澔轩流着眼泪，麦冬开口：“唐小花，赶紧的吧，等着喝喜酒呢!”

唐洛洛破涕为笑，冲着麦冬抱怨了句：“就你着急!”

“洛洛，好吗?”程澔轩依然单膝跪着。

唐洛洛歪着脑袋不看他，把手伸到他面前说：“先试试戒指吧。”

程澔轩开心地笑着把象征幸福的指环庄严地戴在唐洛洛右手无名指上。

“恭喜！恭喜!”陆晓雪开心地拍着手。

唐洛洛擦了擦眼泪，笑着抱住了程澔轩。

为了庆祝程澔轩求婚成功，晚上五个人在沙滩上喝起了庆功酒。

“澔轩!”麦冬拿着酒杯举到程澔轩面前，真诚地说道，“从今往后，辛苦你了!”

“麦小冬!”唐洛洛瞪着眼睛大喊，“你还是不是我朋友，你应该让他以后对我好点。”

麦冬喝下杯中的酒，摇着头：“啧啧啧，雪啊你快看，把这个母夜叉送出去不容易吧。”

陆晓雪“咯咯”地笑着：“你们俩今天就别斗嘴了，这么重要的日子，当然要祝福唐洛洛小姐喽。”

“看看，看看！还是晓雪会说话。”唐洛洛鄙视地看了麦冬一眼。

陆晓雪笑靥如花地举杯：“洛洛，澔轩，祝你俩白头偕老，永远幸福。”

唐洛洛眯着眼笑得像能挤出蜜来似的。

麦冬嘴角上扬，端着杯子：“好吧好吧，送祝福是吧，那就……那个，早生贵子吧。”

“麦！小！冬！”唐洛洛高亢的声音似乎穿透了云层。

“怎么了？”麦冬一脸无辜地说，“送祝福也不对？”

“有你这么送祝福的吗？你这祝福是不是太早了点？”

“这不是早晚的事吗？”麦冬说得理所当然。

唐洛洛冷哼着点头说道：“我知道了，你就是故意的，你这是赤裸裸的羡慕嫉妒恨！”

“我羡慕你？你有什么值得我羡慕的？我羡慕你比我黑吗？”麦冬又丢一记重锤给唐洛洛。

陆晓雪笑得前仰后合，程澔轩和睿阳也都带着看好戏的心情看热闹。

唐洛洛张大嘴巴，憋了半晌，神色渐渐从恼怒变成阴险的笑，装作漫不经心地说：“也对啊，你当然不用羡慕我，你有睿阳宠着。”

程澔轩立刻随声附和并和唐洛洛愉快击掌。

唐洛洛一副“我赢了”的表情，骄傲地看着麦冬。

麦冬一口酒差点被呛到，抬眼狠狠瞪着满脸胜利喜悦的唐洛洛。

睿阳没想到突然躺枪，一时间语塞。

脸色最难看的应该是陆晓雪了，她脸上的笑容明显带着尴尬，覆盖着雾霭的眼眸从睿阳脸上扫到麦冬脸上，然后装作应和唐洛洛般开口：“你们俩？在一起了吗？”

“没，没有，没有的事，想什么呢！”麦冬紧张地解释道。

唐洛洛以为麦冬的故意解释是出于不好意思，没心没肺地拆台道：“没有什么啊，我跟你说啊晓雪，他们俩都……”

“唐洛洛！”麦冬忽地站起来，大声喝止住唐洛洛。

唐洛洛被吓了一跳，愣愣地看着麦冬，陆晓雪也被这突如其来的一嗓子吓了一跳，抬头看着麦冬。

程澔轩则是转头看向睿阳，睿阳低头锁眉。

麦冬意识到自己的表现过于激动了，想解释又不知该如何解释，只觉得现在无论说什么都是越描越黑，于是尴尬地说：“我……困了，咱们回去睡吧。”

唐洛洛抽了抽嘴角：“这才几点就困了？”

程澔轩一把拉起唐洛洛：“走吧，走吧，咱们回吧，沙滩上都没有人了，怪可怕的。”

“你这么大一个人还怕黑啊？”唐洛洛边走着边质疑程澔轩。

程澔轩含糊不清地解释着拉走唐洛洛。

“我也回去了。”麦冬说完转身就往酒店走去。

陆晓雪蹲在地上对坐在原地的睿阳说：“那你们都先回去吧，我来收就好。”

睿阳起身顿了顿脚步后快步跑向麦冬的方向。

陆晓雪回头看了看两个渐渐消失的黑影，轻声叹了口气，低头收拾起沙滩上的杯子和酒瓶。

手机突然响起……

陆晓雪看了一眼来电人的名字，眉头皱起：“你又打来干吗？不是告诉你别再缠着我吗？”

……

第三十八章　暖春的朝露（8）

潘多拉的盒子一旦被打开
命运的巨轮便开始转动
它不会被喜悦干涉
它不会为悲伤妥协
它不会被意志左右
它不会被流言打扰
直至
宇宙的终点
生命的尽头
……

睿阳追上麦冬的脚步，不由分说地拉着她的手向酒店旁边的花园走去。

“你放开我！”麦冬挣扎着回头看了看刚才走过来的那片沙滩。

走到一处无人的转角，睿阳松开手，神色严肃地看着麦冬：“我来要答案。”

“什么答案？”麦冬环顾四周黑漆漆的一片，月光洒在头顶带着浓浓的暧昧气息，令她心跳加速。

“那一个吻的答案。”看麦冬半晌没说话，睿阳蹙眉，“你该不会忘了吧？”

“我……”麦冬低着头，手指缠绕着衣角，思索着该如何回答。

“好吧，如果是忘了，那就复习一次吧。”睿阳释然地说着，伸手就要抚上麦冬的脸。

“不用！”麦冬惊慌地后退一步，“我记得！”

睿阳无所谓地点点头：“既然记得，那就说吧。”

“说，什么？”麦冬一脸不知道的表情。

睿阳好看的眉毛又重新皱到一起：“不是记得吗？”

“哦哦，记得，记得。”麦冬怕睿阳再次突然袭击，不动声色地又后退一步，拉开安全距离。

睿阳有些好笑地看着麦冬脚下的小动作，不着痕迹地跟着麦冬的撤退脚步向前迈进一步。“答案是什么？”

麦冬脑海中紧张地搜索着应对的策略，对于她来说，哪有什么答案，那个吻从开始到结束她一直都在蒙圈的状态，以至后来睿阳说了些什么她都完全没听进去，现在又在这样暧昧的月色下跟她要答案，她只觉得脑子发热，只想尽快逃离这里。

睿阳再前进一步：“到底是什么？”

麦冬一边带着尴尬地笑，一边继续向后撤去。

眼睛渐渐适应了黑暗，麦冬看到睿阳唇角带着危险的笑意，在月光的照耀下，只觉得他像摄人心魄的魑魅魍魉般散发着诱惑的光。

睿阳薄唇轻启：“别再退了，再退就掉下去了。”

麦冬听到睿阳的话下意识向后看去，才发现身后竟然有个不大不小的水塘，而自己的脚后跟已经踩在水塘的边缘了。

睿阳笑意加深：“好吧，不管你是不是忘了，这个复习是少不了啦。”

话音未落，睿阳大手抚上麦冬纤细的腰肢，稍稍一用力，麦冬整个人倾倒在睿阳身前，还没等麦冬发出惊呼声，睿阳带着邪笑的唇便覆盖了那娇艳欲滴的唇瓣。

陆晓雪收完酒杯，心不在焉地往酒店走去，在房间的转角处突然停了下来。

眼前出现的是站在房间门口激吻的唐洛洛和程澥轩，陆晓雪连忙将身子缩回来，捂着胸口一脸无奈地走出酒店，在楼下的花园里乱逛。

陆晓雪抬起头，看着天上皎洁的月亮，笑意爬上脸颊，回想起刚进入大学那会儿，姐妹三个常常在这样的夜晚，围着学校的大操场一圈又一圈，聊着心事。

那时候的唐洛洛总是叽叽喳喳说个不停，说着梦想，说着未来。那时候的麦冬是那样的安静，背着手带着笑，看着唐洛洛夸夸其谈，时不时见缝插针地顶上两句，然后酷酷地拉着陆晓雪走开，留下唐洛洛一个人气得跳脚。

陆晓雪低头浅笑，想着过去的美好，脸上的笑容也是那样的柔和。

带着笑意的脸在抬头的一瞬间突然凝结，睿阳和麦冬相拥的身影仿佛柔美月光中的一道闪电，直击陆晓雪的心脏，突然间，曾经那些暖暖的小美好全都消失不见，脑海中只剩下被雷击过后的一道刺眼的伤痕。

强忍着心头的震惊和眼中泛滥的泪水，陆晓雪转身逃离这让她心碎的画面。

麦冬沉醉的心被不远处一声猫咪的叫声骤然惊醒，立刻意识到自己竟然不知何时闭上了眼睛。

又恼又气的她用尽力气，一把推开睿阳大喊：“你！你这个人，强吻上瘾吗？”

睿阳被这突如其来的变化弄得有些不明所以，半晌看着麦冬气鼓鼓的神色，突然有些恶趣味地笑着，点头说了句：“嗯！”

“嗯个屁啊！起开！”说着又用力推了睿阳一把，抬腿大步走向酒店。

月光下的睿阳笑得像个孩子，看着麦冬恼羞成怒的背影，心中暖意横生……

美好的时光总是短暂的，再惬意的假期也会过去，最终还是要回归忙碌的现实生活中去。

“时间过得好快啊，我还没待够呢。”唐洛洛嘟着嘴站在候机大厅里撒着娇说。

“有机会再来吧。”程澔轩宠溺地摸了摸她的头。

“我们来合个影吧。”唐洛洛伸手进包包里找手机，摸索了一番，“咦？我的手机呢？”

“没在包里吗？”程澔轩搂着唐洛洛的肩膀问。

“呀！”唐洛洛一拍脑门，“刚才退房的时候好像遗落在酒店大堂了。”

“算了，回去补一个号码吧。”睿阳说着向值机柜台走去。

“不行，在这里拍的照片全在手机里呢。”唐洛洛着急地说。

程澔轩抬起手腕看了看时间：“还来得及，我去拿吧，你们找个地方等我。”

“我去吧。”睿阳把行李箱放到麦冬面前，对程澔轩说，“酒店游客多，万一被认出来很麻烦。”

程澔轩摆摆手：“机场人更多，你照顾她们吧，我很快就回来。”

“你注意安全啊。快点回来。”唐洛洛对着程澔轩跑出候机大厅的背影喊道。

“去里面咖啡厅坐一会儿吧。”麦冬指了指，四人拉着行李箱朝咖啡厅走去……

程澔轩打车回到酒店，在酒店大堂扫了一圈没有看到，又跑去向酒店前台求助：“Excuseme……”

前台很抱歉地告诉程澔轩，并没有看到遗落的手机，建议他可以去房间找一找，房间还未打扫。

抱着最后一丝希望，程澔轩乘电梯去到位于30层的豪华观景客房，一番寻找依然不见手机的踪影，程澔轩叹口气，心想八成是被谁捡走了吧，一边琢磨着一会该如何安慰唐洛洛，一边拉了拉脸上的口罩乘电梯下楼。

“你好？你是不是那个演员？你叫程澔轩？”一位长发飘飘的姑娘，操着一口带着浓重香港口音的普通话在电梯里开口。

程澔轩微笑点头：“您好，我是。”

“哇，真的是你啊，我好喜欢你演的戏的。”女孩兴奋地笑着。

“谢谢!”程澔轩保持着友好的微笑，微微弯腰鞠了个躬。

“你可以帮我签个名吗?”女孩从包里掏出笔和纸。

“当然可以。”程澔轩接过纸笔很认真地在纸上写下自己的名字。

还未来得及将纸和笔还给长发的女孩，电梯里突然一片漆黑。

“啊？发生什么了？”女孩惊慌的声音在电梯里回荡。

“别担心，可能是突然停电了吧。”程澔轩保持着镇静说道。

“啊!”女孩话音还未出口，电梯突然急速下坠，程澔轩只觉得一阵晕眩，像是要坠落到宇宙之外，“轰”的一声巨响，整个酒店都在颤抖，所有人都震惊得愣在原地，电梯的缝隙中扬起灰尘，电梯里的世界却陷入死一般的沉寂……

“怎么还不回来?”唐洛洛焦急地向窗外看去。

“是不是路上堵车？”陆晓雪拍了拍唐洛洛的背。

“这个地方一般情况下不会堵车吧。”麦冬透过玻璃窗看着机场外宽敞的马路。

“那会不会真的遇到粉丝了？”陆晓雪又换了一个猜测。

“我打电话问问。”睿阳拿出手机，拨打程澔轩的电话。

“对不起，您拨打的电话暂时无人接听，请稍后再拨……”

“没人接啊。”睿阳皱眉看了看时间，“这段路来回最多一小时吧，这都快两个小时了。”

“不会……不会出了什么事吧？”唐洛洛一脸紧张地喃喃着。

“别胡思乱想，可能手机没电了吧。”麦冬说。

“我打去酒店前台问一问。”睿阳说着拨通了酒店前台的电话。

“Hello……”

“I’m sorry，I can’t hear it clearly。”

“What do you mean？”

“Accident？”

唐洛洛紧张地听着睿阳流利的英文对白，在大部分听不懂的词当中寻找蛛丝马迹，当她听到‘Accident’这个单词时，紧张得握紧了拳头。

“Are you sure？”

“OK，I’m leaving right now！”

睿阳脸色难看地挂断电话。

“怎么了？”唐洛洛隔着桌子一把抓住睿阳的手。

睿阳皱着眉看了看麦冬，沉声说：“洛洛，你先别紧张，酒店那边很吵，我听不清楚，大概是说电梯好像出了事故，澔轩应该是被困在里面了。”

“那，那为什么不接电话呢？”唐洛洛追问道。

“大概是没信号吧，我们先回去看看好吗？”睿阳用另一只手拍了拍唐洛洛抓着他的手。

唐洛洛慢慢松开，在陆晓雪的搀扶下起身，再次紧张地看着睿阳："你确定只是被困在电梯里了吗？严重吗？"

睿阳皱着眉头："我不能确定，我听到了救护车的声音。"

"受伤了吗？"唐洛洛急匆匆地拿起包，向候机大厅外跑去。

陆晓雪追着唐洛洛向外跑去。

麦冬看着睿阳阴沉的脸色，心中升起不好的预感。

"真的只是受伤吗？"

睿阳面色痛苦地摇摇头，拉住麦冬的手，麦冬感受到一阵冰冷的气息袭来。

第三十九章　暖春的朝露（9）

酒店门口拉起了警戒线，警车和救护车刺耳的鸣笛声此起彼伏。

从的士上走下来的唐洛洛，看着眼前的场景，眼中升起恐惧，身子不由自主地颤抖起来，时间仿佛穿梭回三年前的那个下午，同样的人声鼎沸，同样的警笛呼啸，同样的惊慌失措，眼前景象与脑海中的那个噩梦相融合，唐洛洛再一次感受到天塌地陷的滋味。

在麦冬和陆晓雪搀扶着筛糠似的唐洛洛时，睿阳早已一个箭步冲进酒店，只看了一眼，睿阳的身影就定格在原地，全身的冰寒之气让这个热带海洋性气候的小岛气温骤降至冰点。

“不可能的，不可能的，不可能的……”唐洛洛一直重复着这句话，不由自主地摇着头。

“洛洛……”陆晓雪眼中泪水横飞。

“放开我，我要去看看。”唐洛洛挣脱麦冬的手，跌跌撞撞地向警戒线跑去。

睿阳在救护车旁拉住唐洛洛：“别去了！”

“放开我，我不相信，他刚说要娶我，他说要给我幸福的，他说他要守护我一辈子的，他不能骗我，他不能言而无信啊！”唐洛洛挣扎着、哭喊着。

“I’m sorry，but we found this。”一个东南亚模样的警官将一张纸交到睿阳手里。

唐洛洛抢过去打开，那是一张被鲜血染红了的程澔轩的签名。

唐洛洛把签名抱在怀里，蹲在地上失声痛哭。

时间仿佛回到她刚见到他的那一天，程澔轩那样腼腆地自我介绍，傻傻地看着唐洛洛笑他小时候的样子；再没过多久，程澔轩就在公开场合为唐洛洛解了围，当时握住唐洛洛的手是那样的温暖，眼神坚定地告诉她，他会守护她一辈子；为了救唐洛洛，不惜冒着生命危险在狂风暴雪中追赶唐洛洛的帐篷，全然不顾自己满身的伤痕，那句虚弱的却诚恳的“我会守护你的”，唐洛洛一直没有来得及告诉他，那就是她爱上他的理由；不管唐洛洛多么霸道，多么无理取闹，程澔轩没有一次厌烦过，他带她去吃她喜欢吃的东西，他带她去看她喜欢看的风景，他说她是世界上最完美的女人，所以要用最完美的幸福来匹配；他在神圣的教堂向她求婚，没有太多华丽的修辞，他的一句“我会守护你一辈子”便成为她义无反顾的理由。

而如今，仿佛老天爷又一次跟唐洛洛开了一个巨大的玩笑，刚刚拥有的幸福，再一次被无情地夺走，唐洛洛看着那冰冷救护车上的担架，白色床单上透出的暗红的血液似乎还带着程澔轩的温度，怀里的那张签名竟成了他留在这世界上的最后一样东西，唐洛洛右手的戒指因为戴上时太过用力而紧紧地镶嵌进肉里，在无名指上勒出触目惊心的血痕，与手中的那张染了鲜血的签名渐渐融合在一起……

“为什么！为什么！”陆晓雪靠在麦冬的肩膀上痛苦地抓着自己的胸口。

“雪，你坚强一点，这个时候洛洛只有我们了。”麦冬搂着陆晓雪的手臂紧了紧，使劲吸了吸鼻子，拼命克制着夺眶而出的泪水。

程澔轩的遗体在越南进行了火化，唐洛洛捧着程澔轩的骨灰在麦冬、睿阳和陆晓雪的陪同下一路直飞韩国，在机场下了飞机，面对媒体和粉丝的询问，一身黑衣，戴着黑色口罩和墨镜的唐洛洛一言不发，坐进公司安排的车子，将程澔轩的骨灰小心翼翼地转交到程澔轩母亲的手里。

气质优雅的程妈妈在看到儿子的骨灰时，仿佛一瞬间老了10岁，捧着骨灰盒的手不停地颤抖，精致妆容的脸上早已眼泪横飞。

追悼会结束后，唐洛洛执意要留下来陪伴程妈妈几天，麦冬三人便先行回国。

从程澔轩遗体在越南火化的那天开始，麦冬就再也没看见唐洛洛掉过一次眼泪，从机场面对媒体到追悼会的整个过程，唐洛洛的表现都是谨慎得体，只是毫无血色的脸上不见任何表情，麦冬怕极了这样冷静的唐洛洛，就像是回到三年前张幻迪去世后一样的状态，不知道这次的唐洛洛，需要多久才能愈合伤口。

“你也很难受吧？”麦冬看着睿阳呆呆地坐在公寓的沙发上。

“对你来说，他就像你的亲弟弟一样吧？”麦冬坐到睿阳身边。

睿阳两个手肘撑在腿上，低着头慢慢地说：“我还记得他刚进公司做练习生的时候，我总逼着他减肥，他却老是背着我偷偷吃东西，有一次被我发现了，我就罚他打沙袋，他不服气非要跟我对打，后来我们两个打到筋疲力尽，躺在擂台上我就问他为什么要做艺人，他说他想出名就是为了一个人，他想让自己变得优秀，不再让那个人因为他而受到嘲笑。我问他如果他成功了却找不到那个人怎么办呢，他说找不到就一直找，总有一天会找到的。我又问他找到了会怎样？他说找到了就要给她幸福。我说如果她不需要你给的幸福呢？他回答我说那就远远地守护着她的幸福。我当时就觉得这个孩子特别傻，但是傻得让人心疼。”睿阳边笑着边说，豆大的泪水却早已经吧嗒吧嗒地砸在地板上了，“后来他就老缠着我让我给他加课，他说我提醒了他，他要快点成长起来，不然他的幸福就要被别人抢走了。”

“可是……可是为什么，他那么努力，他才刚找到他的幸福，为什么老天要这么着急把他带走呢?”睿阳双手合十，抵住自己的眉心。

麦冬动了动嘴，想说点什么，但又觉得这样的气氛下，说什么都无济于事，她慢慢抬起手，轻轻地拍打睿阳的肩膀，那曾让她觉得无比宽厚的肩膀，此刻却带着些许的脆弱，带着些许的无助，带着些许的单薄。

麦冬眼中闪过心疼，伸出两只胳膊环住睿阳的肩膀：“如果你想哭，这里很安全。”

睿阳轻轻转身搂住麦冬，把头埋在麦冬的肩窝，紧闭的双眼中不断流出温热的泪水，打湿了麦冬的衣服，也打湿了麦冬的心……

唐洛洛回国了，收到消息的各大媒体蜂拥至机场，却只是匆匆拍到几张唐洛洛一身黑衣从机场 VIP 通道离开的身影。

“我要见唐洛洛!”麦冬冲进睿阳的办公室。

睿阳看了看麦冬身后，对她扬扬下巴：“这不是来了吗?”

麦冬一转身，唐洛洛一身黑裙，站在门口，被粉底遮盖的脸上尽是藏不住的憔悴，麦冬觉得自己的心脏像是被谁用力捏了一把，鼻子一酸差点哭出来：“洛……”

唐洛洛展开笑容大步走过来，对着傻眼的麦冬笑着说：“你该不是要哭吧? 从小到大你这是第一次为我哭吧?”

麦冬没心情跟她斗嘴，急切地拉过唐洛洛的手：“你，还好吗?”

唐洛洛轻松地点点头：“放心，我一切都好，我已经不是三年前的那个小女孩了。”

麦冬神色复杂地在唐洛洛脸上扫来扫去，唐洛洛笑着打趣：“别再看了，再看小心爱上我。”

麦冬又笑又气地白她一眼：“你没事就好。”

唐洛洛笑着皱皱鼻子，然后对睿阳说：“Sunny 哥，我回来报到了。”

睿阳点点头：“刚回来，再休息几天吧。”

唐洛洛笑着摇头：“不用，尽快开工吧，我已经耽误团队不少时间了。”

麦冬担心地叫了唐洛洛一声：“洛……”

唐洛洛转头看着麦冬：“放心，我如果不打起精神来，怎么对得起他曾给过我的幸福呢。”

麦冬面带欣慰地点点头。

睿阳也不多说什么，沉声道：“那就准备新专辑的正式发布吧。”

“是！”唐洛洛笑着说完，跟麦冬摆摆手走了出去。

看着唐洛洛一身轻松的背影，麦冬皱眉：“你说，她是真的没事吗？”

睿阳仰头坐着：“用忙碌的工作来转移注意力也不失为一个好的办法。”

麦冬却是一脸担忧地叹息着……

第四十章　暖春的朝露（10）

“董事长。”明峰进入常远星的书房，毕恭毕敬地站在书桌前，将手中的文件资料双手递上。

常远星接过文件夹翻开，脸上露出痛苦的神色：“她死了？”

明峰点头：“姚夫人回国后改了姓名，所以我们一直都没能找到她。”

常远星悲伤地点点头：“这我也想到了，这就是命啊！”

“但是……”明峰顿了顿，待常远星抬起头，他接着说道，“据我调查，姚夫人好像有个孩子。”

脸上划过一丝惊诧：“她有孩子？她后来又结婚了？”

明峰恭敬回答：“据了解，应该是没有，姚夫人虽然改了名字，但无论是原先的名字还是后改的名字，都查不到婚姻记录。”

“那个孩子多大年龄？”常远星急忙开口问。

“应该和慧晨年龄相仿。”

“该不会……”常远星眼中闪过欣喜的神色，“去查，无论如何也要把那个孩子给我找出来！”

“是！董事长。”明峰恭敬地点头，转身离开书房。

“太好了，太好了小羽，你居然生下了我们的孩子，谢谢你，真的谢谢你。”常远星从一个锦盒中小心翼翼地拿出一枚戒指，温柔地抚摸着戒指表面雕刻着的神秘图腾，激动的脸上早已老泪纵横。

睿阳坐在办公室，看着偌大的落地窗外万物复苏的景象，回忆着助理刚才的汇报。

“Sunny 哥，您让我调查的消息应该是真实的，而且我还发现一件事，明峰总助理也在调查麦冬的身世。”

秘密就要被揭开了吗？睿阳揉了揉发涨的脑袋，起身出了门。

星橙集团总部的董事长办公室里，常远星正忙着手头的事务，听到敲门声停下手中的钢笔，抬头说了句：“请进。”

“董事长！”睿阳走进来站在办公桌前。

“阳阳？”常远星带着诧异地开口，对身后跟进来的女秘书摆了摆手，示意她出去。

“阳阳，这么急匆匆来找我有什么事啊？”常远星说着，起身向沙发走去，“来，坐下慢慢说。”

女秘书敲门送进来两杯红茶后转身出去。

睿阳坐在沙发上，面色沉静地开口：“董事长，我建议带着‘冬季’去韩国开拓市场。”

常远星微微皱眉，不解地开口：“现在？她的工作室不是刚刚成立吗？”

睿阳点头：“就是因为刚成立工作室，现在与韩国分公司建立良好的沟通，后期有利于中韩两个市场的共同发展。”

常远星淡淡扫了一眼睿阳，不急不缓地端起杯子抿了一口杯中的红茶又缓缓放下：“你匆匆忙忙来找我，就是为了这个？这可不像是你以往的风格啊。”

睿阳沉默不语。

常远星靠在沙发靠背上，悠然开口：“‘冬季’是个作家，她不同于一般的艺人，她去国外发展，市场到底有多少你该比我明白吧，我一直认为你是一个谨慎的孩子，今天为什么会提出这么荒唐的提议？说说你的理由吧。”

睿阳握了握拳：“离开这里是为了保护她，我想您也不愿意让您的女儿留在是非之地吧。”

“我的女儿？”常远星疑惑半晌，脸色突然大变，“你说什么？麦冬到底是谁？”

“她就是您在寻找的那个孩子。”

常远星神色复杂地看着睿阳：“你……”

睿阳再次开口，语气中带着笃定：“我想明峰很快就会把调查报告交给您了。”

常远星渐渐从震惊中平静下来：“你是怎么知道的？”

“麦冬一直在寻找她父亲的下落，我从她找到的资料里大致了解了情况。”

常远星脸上露出感动和欣喜：“你是个聪明的孩子。”

“但我希望，”睿阳语气冷淡，“您不要和她相认。”

“为什么？”

“一个被抛弃了二十多年的孩子，您觉得她心里对您会有爱吗？”

“不，当年都是我的错，我会弥补她的。”

“这种伤害恐怕是无法弥补的，如果您和她相认了，公众的舆论会再一次让她受到伤害，这是您不愿看到的吧？”

常远星精明的脸上有了一丝慌乱：“我，我会保护她的。”

“您知道的，舆论的力量有多可怕，更何况您的另一个女儿也不会对她友好的，您不想拿她冒险吧？”

常远星蹙眉看着睿阳，多年征战商场，让他的脸上常年挂着老练的傲气，双眸中总是流露出睿智的光芒，这一刻的他却略显苍老，双眼有些失措的情绪涌动出来："她知道吗？"

睿阳轻轻摇摇头。

常远星眨了眨微红的双眼："我想见见她。"

此刻的常远星像个年迈的老人，带着近乎哀求的神色拉住睿阳的手："就见一面，我让你带她走。"

睿阳轻轻叹息。

宽敞的摄影棚里，麦冬正在根据摄影师的要求摆出恰当的表情。

"董事长。"一众工作人员看到常远星走进来，纷纷弯腰。

常远星目光定格在麦冬身上，嘴上却说着："大家不要拘谨，继续工作。"

灯光照射在麦冬身上，白皙的脸庞挂着乌黑的瞳仁，那一颦一笑都触动着常远星的记忆。

看着眼前的麦冬，常远星仿佛又看到了当年心爱的女子，年轻时候的他们也曾站在山顶看着璀璨的城市许下美好的誓言，后来却因为现实的残酷不得不做出痛苦的选择，放弃了曾经，放弃了爱情，甚至放弃了自己。

"辛苦了，今天就到这里吧。"工作人员的声音将常远星拉回现实，他转过身在众人不经意间拭了拭湿润的眼角。

睿阳看着这个年迈的老人有些于心不忍，对摄影师说："帮董事长和'冬季'一起拍张照吧，工作室也好拿来做宣传。"

常远星带着感激，看了一眼睿阳，跟麦冬一起站在镜头前的他强忍着心中的激动，脸上挂着平静的笑容，拍下了平生第一张跟女儿麦冬的合影。

"董事长今天为什么突然来了？"麦冬坐在睿阳的副驾驶座上，偏着头问他。

“视察工作吧，他常去片场之类的地方看看。”睿阳开着车不经意地说着。

“他这么清闲?”麦冬撇撇嘴。

“国内工作室的工作落实完成后，我带你去韩国分公司拓展一下市场。”睿阳冷静地说。

“韩国?我又不会韩语，我去韩国干吗?”

“有翻译。”

“我不想去，我的作品都是中国字，他们也看不懂啊?根本没法交流好吗。”麦冬皱着眉。

“这是工作，你的作品在韩国开机，你去做监制。”睿阳一脸不容置疑的样子。

“我不要。”麦冬看也不看他，像往常一样转头看向窗外。

“你说了不算。”睿阳也保持着平常的冰冷语气撑回去。

麦冬一脸不情愿地皱皱鼻子。

“晓雪，我回来了，你有时间吗?我们碰个面吧。”常慧晨走出机场就立刻给陆晓雪打电话。

“太好了，真没想到，你这么快就回来了。”陆晓雪在电话另一头兴奋地说。

“提前回来准备毕业典礼嘛。”常慧晨坐进集团安排的车。

“那我们一会儿见吧。”

常去的那家咖啡厅的老位置上，陆晓雪对走进来的常慧晨挥挥手。

“一路上很辛苦吧。”陆晓雪看着常慧晨有些消瘦的脸颊说着。

“没事。”常慧晨笑着摇摇头。

“怎么不好好休息两天?”

常慧晨笑着点头，感谢服务员送过来的咖啡，再抬头的时候就是一脸担忧的表情："我很担心洛洛啊，她怎么样？"

陆晓雪表情变得凝重起来："其实，我也不知道，她回来之后就一直在工作，我们联系得很少。"

"唉！"常慧晨叹口气，"在维也纳看到新闻的时候我都吓死了，洛洛真是命苦，怎么这种事老是落在她的头上呢？"

陆晓雪低着头，双手在桌下不停地抠着自己的手指甲，眼神中闪着不明的光，一脸的悲伤难过，似乎还夹杂着懊悔。

"晓雪，毕业典礼她们也会去参加的吧，到时候咱们四个要好好聚一聚啊。"

陆晓雪看着常慧晨充满善意的脸，笑着点头。

浓浓夏意的 6 月底，西凌大学举行了隆重而盛大的毕业典礼。

穿着学士服的莘莘学子在偌大的校园里疯狂地跑，夸张地笑，真切地哭，将自己青春的热血全部挥洒在这座纯净的象牙塔里，过了今晚，他们就要跨出这座温室花园；过了今晚，他们就再也不是受保护的花骨朵儿了，不能肆意地挥霍时光，不能放肆地个性张扬，他们要学会隐藏锋芒，学会照顾自己，学会自己舔舐伤口，要像个大人一样学会承担责任，不能退缩，不能软弱，再也没有一个安全的避风港让他们去躲藏；过了今晚，他们就要暴露在烈日下，暴露在风雨中，在社会这个大环境里摸爬滚打，直至灰头土脸，满身伤痕，然后笑着说我们长大了；过了今晚，他们就永远告别了学生时代；过了今晚，他们就在青春的校园里毕业了！

最终章　四季协奏曲

是什么在指引着我？
给予我那清凉的、甘甜的泡沫
我犹豫地睁开双眼
灰暗的天空笼罩着我

是否是我渴望太多
原来光明从未来过

灰色的大地包裹着什么？
那寂寞的、孤独的沙漠
闭上双眼迎接沉默
没发现，悲伤的天使已然坠落
……

毕业典礼结束后，陆晓雪拉着常慧晨、唐洛洛和麦冬拍了几张毕业照，照片里，麦冬万年不变的冰棍脸，唐洛洛挽着麦冬的胳膊唇角微扬，陆晓雪将头靠在唐洛洛肩上，眯着眼睛笑，常慧晨站在陆晓雪旁边，看着镜头的眼睛里情绪不明。

常慧晨安排了餐厅，三个人应邀前去。

睿阳皱着眉头开车，一路上没说话，眼眸中闪着忽明忽暗的光。麦冬似乎也习惯了两人之间这种莫名的沉默，自顾自地看着窗外。

“冬。”睿阳在停好车后拉住了正准备下车的麦冬的胳膊。

麦冬转头看向他。

“我有件事要告诉你，我长话短说，你听好了。”

麦冬有些疑惑地皱眉：“什么事啊？那么严肃。”

“这件事我不是故意隐瞒，只是觉得没有必要，但如果从别人嘴里说出来，恐怕意义就大不同了。”

麦冬依旧一脸不解的表情。

“收养我的人是常远星，也就是常慧晨的父亲。”

麦冬眨了眨眼睛，有些吃惊地说：“你和常慧晨是兄妹？”

睿阳无所谓地点了下头：“算是吧。”

“等一下。”麦冬突然想到什么，“常慧晨是董事长的女儿，那么也就是说……啊！不对不对，她这么做也没什么意义啊，我想多了吧。”麦冬念念有词地自言自语着。

“其实还有一件事，等下回去再告诉你吧。”睿阳沉吟了一会儿，淡淡地说。

“你今天怎么了？吞吞吐吐的，一点都不像你的风格。”

“你了解陆晓雪吗？”睿阳没有理会麦冬的吐槽，看着她的眼睛正色问道。

“啊？我们高中就在一起，现在大学都毕业了，你说我了解吗？”

看到睿阳依然眉头紧蹙，麦冬疑惑地摸了摸他的额头：“你生病了吗？今天怎么老说这么奇怪的话？”

睿阳一把抓住麦冬的胳膊：“总之，知人知面不知心，不管对谁都不要太过相信。”

麦冬皱皱鼻子缩回胳膊：“大哥，我要迟到了，回头我带你去看医生啊。”

说着麦冬便拉开了车门，下车走进餐厅。

睿阳看着消失在门口的麦冬，冷峻的眉峰深锁。

偌大的餐桌两旁分别坐着唐洛洛、麦冬和陆晓雪、常慧晨。

唐洛洛一身宴会装，艳丽的红唇衬托她带着些许小麦色的皮肤，散发着浓浓的异域风情。

“你藏得可太深了，我们都四年同学了，我才知道你就是我们的少东家啊。”

陆晓雪笑着接过唐洛洛的话：“晨晨这是低调嘛。”

麦冬不是很在意地撇撇嘴：“总之，一路相处下来也是缘分，为了友谊，喝一杯吧。”

“当然是缘分，这酒必须喝。”常慧晨眉眼含笑，将手中的酒一口喝下。

“麦冬，我其实挺羡慕你的。”常慧晨笑意盈盈地看着麦冬，声音里夹杂着诡异的情绪，“无论发生什么，总有那么多人在你身边，就连我哥都对你特别的好。”

“你哥？你还有哥哥啊？”唐洛洛放下杯子看向常慧晨。

“睿阳就是她哥哥。”麦冬淡淡开口。

唐洛洛瞪大了眼睛：“睿阳？原来他才是少东家啊？”

常慧晨不着痕迹地拧了下眉头，立刻说道：“你已经知道了？”

麦冬不置可否地点点头：“嗯，他被董事长收养了嘛，这有什么好大惊小怪的。”

常慧晨唇角的笑意越发不明朗：“或许是因为我没什么朋友吧，所以啊……”常慧晨阴阳怪气地说着，随意地看了陆晓雪一眼，“我也不用害怕被别人背叛。”

常慧晨唇角带着冷笑，深深地看了一眼陆晓雪。

陆晓雪张了张嘴，一个字都没说出来，又缓缓低下了头。

麦冬蹙眉看着对面两人的举动，有些疑惑地开口。

“你在说什么呢？”

“只是觉得老天爷有时候真的是很公平的，不会让一个人永远都那么幸运。”

神经大条的唐洛洛此刻也察觉到气氛的怪异，缓缓放下手中摇晃着的红酒杯，微微侧头看了一眼面庞清冷的麦冬。

麦冬声音中透着惯有的清冷：“你好像一直都看不惯我，能忍得了四年实在不容易，不如就趁着毕业把该说的话一次性说清楚吧。”

“当然要说清楚，也好让你看清楚自己到底是谁。”常慧晨说着站起身，黑色的裙摆像是黑天鹅的羽翼一般招摇在她身后。

“大家都是朋友嘛，冷静一下啊！”陆晓雪企图阻止战争。

常慧晨全然不顾，站起身指着麦冬的鼻子说道：“麦冬，你不要总把姿态摆得那么高傲，其实你不过就是一个私生女，你妈妈就是一个破坏别人家庭的小三！”

麦冬眸中闪过寒光，紧握着拳头压抑着自己随时都要爆发的情绪：“你最好知道你在说什么！”

“我当然知道，就是因为你妈妈的介入，才让我爸抛弃了我妈，把我妈一个人扔在美国，你妈却拿着钱跑了！”

“你爸爸？常远星？”麦冬脸上的寒霜越结越重。

“对，你妈妈勾引了我爸爸才有了你！”

“你胡说！你凭什么说我妈是第三者？”麦冬拍着桌子站起来。

“凭什么？”常慧晨突然笑起来，“就凭我比你大三个月！常远星是先和我妈有了我，又跟别的野女人苟且才有了你！”

一字一顿传到麦冬耳朵里，仿佛那一声声刺耳的“私生女”又铺天盖地地袭来，那是麦冬最不愿意面对的事实，即便那是在她内心深处默认的事实，可当现实如此赤裸裸地展现在眼前，还是让人难以接受。

“闭嘴！”唐洛洛愤怒地站起来对常慧晨说。

“别说了晨晨。”陆晓雪也怯怯地开口劝阻。

常慧晨不怒反笑，对着红了眼睛的麦冬继续说着：“你以为你所谓的友谊就那么牢不可破吗？我告诉你，我不是羡慕你，我是可怜你，我刚才说的这一切陆晓雪她都知道，她早就知道！她告诉过你吗？啊？她跟你说过吗？哈哈哈哈……”

麦冬秀眉中夹杂着痛苦的神色，缓缓抬头看向一脸惊慌的陆晓雪。

“我……”陆晓雪在接触到麦冬眼光的时候迅速低下头。

“要我说啊，这事还真不怪晓雪，你们两个是怎么当朋友的？晓雪住在什么样的地方你们知道吗？她每天吃什么穿什么用什么你们知道吗？她被邱天那个恶霸纠缠的时候你们知道吗？她善良不愿意麻烦你们，而你们却当作理所当然了吧，最重要的是，就连她喜欢的人，也要被迫让给所谓的好姐妹不是吗？”常慧晨口气咄咄逼人。

“别说了，我求你晨晨，别再说了。”陆晓雪哭着拉住常慧晨的手臂。

麦冬脸上风云变幻，看陆晓雪的眼神越来越陌生。

“陆晓雪！”唐洛洛生气喝止住陆晓雪的哭泣，“你到底有没有拿我们当成朋友？你有困难有麻烦的时候为什么不告诉我们？你既然知道这么大的秘密你还跑去和常慧晨穿同一条裤子！你还是我最开始认识的那个单纯善良的陆晓雪吗？”

“善良?！呵呵呵！”陆晓雪挂着泪珠的脸上带着从未有过的愤怒，“在这个世界上，善良历来就是表面被标榜，暗地被利用的东西！一句善良，只不过是社会对一个弱者人道主义的褒奖罢了！而我的善良也许注定了我的结局就是一无所有！”

“陆晓雪！你太让我失望了。”唐洛洛不敢置信地摇着头。

“呵呵……”陆晓雪的泪水止不住地往下流，但这些泪水已经无法让麦冬看清到底有多少是悔恨，又有多少是不甘。

“哈哈哈哈……”陆晓雪从低声冷笑渐渐变成放声大笑，“唐洛洛，你以为自己有多干净吗？你敢说你从来没有背叛过友情吗？你敢说你从来都不知道麦冬是常远星的女儿这个事实吗？”

对陆晓雪一脸失望的麦冬踉跄着退后一步，不敢相信地看向唐洛洛，眼神中带着祈求，她祈求陆晓雪说的不是真的，她祈求她最信任的唐洛洛不要变成她害怕的样子。

唐洛洛在听到陆晓雪的质疑后眼神明显开始闪躲。

“冬，你听我说。”

麦冬语气冰寒入骨：“唐洛洛，你知道还是不知道？回答我。”

唐洛洛眼泪夺眶而出：“对不起冬冬，我知道。”

“好！特别好！”麦冬一屁股坐在凳子上，自嘲地笑着说，“你们都知道，原来你们都知道！睿阳也知道吧。太好了，你们天天都像逗一个傻子一样陪着我演戏，好玩吗？特别好玩吧！特别好玩吧！”麦冬将桌布掀翻，餐桌上的盘子和杯子“唰”的一声全然碎裂在地板上，吓得唐洛洛立刻上前拉住麦冬。

“你听我说完，冬冬，我是在家录小样的时候没有关录音软件，偶然录下了我爸妈的谈话我才知道的，但我并不知道常慧晨是常远星的女儿，我更不知道睿阳是他的养子啊，你不信的话可以看我的手机，那段录音我还留着呢，我拿给你听！”唐洛洛一边说着，一边慌忙地将包里的东西尽数倒在桌子上，拿起手机的那一刹那突然停住了。

唐洛洛拿着手机的手静止在半空中，眼神中带着恐惧，缓缓看向陆晓雪：“你是怎么知道的？录音在那部手机里，那部手机在越南就丢了。”

陆晓雪这才意识到自己说漏了嘴，这个秘密曾让她成宿地无法入睡，这个秘密曾经几度让她崩溃，这个秘密她发誓要烂在肚子里，打死也不能说。

“你见过那部手机？”唐洛洛旁若无人地径直走向陆晓雪，“你在哪里见到的？什么时候见到的？你说话啊，陆晓雪，你说话啊！”

陆晓雪被唐洛洛通红的双眼吓得连连后退，一边摇着头一边惊恐地说：“洛洛，我……我不知道。”

“什么不知道？怎么会不知道？我没有跟任何人说过这件事，你一定是听到过那段录音，你快告诉我，你是怎么听到的？是不是你拿了我的手机！”唐洛洛说到最后几乎声嘶力竭。

被逼到墙角的陆晓雪紧闭着眼睛，紧紧拉住唐洛洛的胳膊，哭得泣不成声地说：“对不起，洛洛，真的对不起，我不知道事情会变成那个样子，我真的不是故意的，邱天威胁我让我拿你的手机给他报独家，如果我不照做，他就拿我的裸照去敲诈我的父母，如果我早知道事情会发展成那样，我死也不会拿你的手机的。”

“果然是你拿的。”唐洛洛看着眼前哭得几近昏厥的陆晓雪，厌恶地甩开胳膊，“陆晓雪！你到底还做过多少龌龊的事情！”

“我没有！我没有！”陆晓雪用力哭喊着摇头。

“你害死了程澔轩，你害死的是我的未婚夫！你毁掉了我这一辈子的幸福，你居然还能大言不惭地跟我做朋友？”唐洛洛无法抑制的愤怒让全身的肌肉都在颤抖。

常慧晨看着自己精心布置的局达到了预期的效果，情不自禁地拍手叫好。

“哎呀呀，这就是所谓的铁三角啊？你们之间到底还有多少秘密啊？”常慧晨一副看好戏的神色，昂着高傲的头看着三个人。

“砰”的一声！房间的门被重重地推开。

“常慧晨！我警告过你！”睿阳一脚踹开房门，怒火冲天地走进来，将手中的一沓厚厚的资料甩在光滑的桌面上。

稍稍扫了一圈屋内的情况，睿阳带着心疼的视线在麦冬苍白的脸上划过，怒视着常慧晨开口："这一切都是你精心策划好的吧，从她们入校的那天起，你就处心积虑地搬进她们的寝室，就是为了等这一天吧？你其实早就查到麦冬的身份了，所以你无所不用其极地去破坏她们三个之间的关系，你甚至见不得她们任何一个人幸福，孙菲菲的戏码是你安排的，裴茜的戏码也是你导演的吧，张幻迪的死虽然是意外，但你还不知悔改，继续变本加厉，你为了拉拢陆晓雪，不惜收买邱天陪你演戏，陆晓雪那几张照片是怎么来的？还不是你在酒里下了药吗？就凭这一条我就可以报警抓你，为了你那点嫉妒心，你到底要怎样才肯罢休！"

"哼！"常慧晨听着睿阳一条一条地罗列她的罪状，不屑地冷笑着，"那又怎样，想抓我？你有证据吗？"

"你以为用钱能收买的人那么靠得住吗？他们早就替我整理好了你的罪证，留着日后好成为敲诈你的资本，你所有的通话记录可都有备份，你要听吗？"睿阳的声音带着刺骨的冷意，让常慧晨瞬间变了脸色。

愤怒的光在眼中闪了闪，常慧晨再次开口："就算是这样，我也只是布局者而已，是她们自己走进来的，唐洛洛天生克夫，谁爱上她谁就死，关我屁事！"

怒火中烧的唐洛洛将牙齿咬得吱吱作响，双眸似乎有火焰要喷射出来，全身的肌肉紧绷，眼前一幕又一幕都是鲜红的血液染透了大地的场面，那温热的血好像现在还能感受到温度一般，促使唐洛洛全身血液沸腾。

她眼睛直直地盯住散落在地上的一把西餐刀，在常慧晨放肆的笑声中，一把抓起刀柄，冲着常慧晨而去。

锋利的刀刃划破空气，直直冲着常慧晨的心口而去，被这气势吓得常慧晨花容失色，连惊呼都没有来得及发出。

一道白光闪过，常慧晨的身体重重地撞在墙壁上。

奔跑过来的麦冬抓着唐洛洛颤抖的手臂，惊恐地睁大了眼睛。

陆晓雪一身纯白色的连衣裙，宛如初见时的那个天使，哭花了妆的小脸依然精致可人，琥珀色的双眸带着湖水般的沉静，微微上扬唇角，吃力地开口，声音依旧带着淡淡的暖：“我……我也想尝试做一个坏人，可是……可是我……我没法……丢掉良心，这……这就是命吧，别恨我……洛，别……别怪我……冬，我终究……终究……不是天使。”

陆晓雪的声音越来越暗淡，越来越缥缈，而她雪白衣裙的前胸处那朵绽开的血莲花越来越旺盛，越来越妖艳……

风吹过大地，什么也没留下。

空气中飘浮着淡淡的甜涩，那是青春的味道。

那个轻盈的、温暖的身影

带着青春的萌芽将这个世界染上生机，是春天。

那个骄傲的、热情的身影

带着青春的烈火将这个世界烧得火热，是夏天。

那个倔强的、不屈的身影

带着青春的霸道将这个世界收进行囊，是秋天。

那个坚定的、冷冽的身影

带着青春的寒霜将这个世界冰封成梦，是冬天。

那些得到的、失去的、拥有的、渴望的变成青春的四季……

四季轮回交替，青春却一去不再来，在最好的时节留住最美的时间，愿青春不负此行……

青春安魂曲，别了，最美的你……

【五年后】

借口充电学习的麦冬在唐洛洛住进精神病院后申请了出国留学，五年后回国。

五年的时间，早已淡出人们视线的麦冬站在首都国际机场，身边没有了粉丝的鲜花掌声，没有了媒体的长枪短炮，也没有了工作人员的左拥右护，麦冬看着人来人往的机场大厅，一瞬间有些恍若隔世的迷离。

“姐姐，姐姐，你是‘冬季’姐姐吗？”

一个稚嫩的童声在耳边响起，麦冬向声源处看去，一个娇小可爱的小姑娘，还不及麦冬的膝盖高，粉嘟嘟的小脸上带着灿烂的笑，那双明亮的大眼睛透出让麦冬似曾相识的光。

“你认识我？”麦冬弯下腰。

女孩神秘地眨眨眼，点了点头。

麦冬抬眼向周围看去，除了这个女孩，身边并没有人在关注着她。

麦冬将大雾弥漫的眼眸隐藏在长长的睫毛下面，低头轻声问小女孩。

“你是谁啊？”

小女孩脸上笑容加深，水晶一般的瞳仁散发着夏天般的火热。

“我是唐唐啊，程唐唐。”

“程……唐唐？”麦冬重复着这个名字慢慢蹲下身子，看着眼前的小女孩那双和唐洛洛简直一模一样的双眼，再也控制不住情绪。

“我能抱抱你吗？”麦冬小心翼翼地摸了摸女孩娇嫩的脸颊。

女孩笑得眼睛弯弯，使劲点点头。

麦冬小心翼翼地将程唐唐抱在怀里，没有发出任何声音，但眼泪却如倾盆大雨。

程唐唐用稚嫩的手掌轻轻拍了拍麦冬的后背，麦冬不动声色地擦掉眼泪，将小唐唐从怀抱放开，再次看着她晶莹剔透的大眼睛。

小女孩眨了眨眼，带着和唐洛洛同样古灵精怪的笑脸，伸出肉嘟嘟的小手向身后指了指：“哥哥在等你哦。”

顺着小女孩指的方向，麦冬再次抬头，视线停留在一张冷峻的脸庞上。

冰山一般的脸上，一双浓墨色的眸子却柔得像是能滴出水来。

迎上麦冬递过来的视线，睿阳冷厉的唇角微微上扬。

麦冬眼底的冰雪开始融化，强忍着眼里的狂风暴雨，一抹安心的笑容在脸上慢慢荡漾开来，像是冬天的寒冰在春天里消融，万物复苏……

……